Frontiere
51

Collana diretta da Orietta Fatucci

ISBN 978-88-477-0697-2

www.edizioniel.com

Carlo Lucarelli
Febbre gialla

L

Ad Angelica
(quella vera)

Febbre gialla

Prologo

I bambini erano quindici, seduti l'uno accanto all'altro su quindici sgabelli tutti uguali, davanti a quindici banchi tutti uguali, rotondi e di legno nero. La stanza era stretta e lunga, illuminata da un neon che correva bianco e abbagliante lungo la parete. L'odore di cuoio era fortissimo e quasi insopportabile perché c'era una sola finestra, in alto, sempre aperta d'estate o d'inverno ma piccola come la finestra di una cantina. Niente di strano, dal momento che era proprio quello, la stanza lunga: una cantina.

Nella cantina i quindici bambini seduti ai banchi rotondi cucivano borse di pelle, tutte uguali anche loro. Anche i bambini sembravano uguali, tutti tra gli otto e i dodici anni, tutti cinesi, tutti in calzoncini, canottiera a righe bianche e blu e sandali di gomma. Tutti in silenzio, lavoravano e basta, con gli occhi bassi sulla pelle da forare, cucire, puntare e ribattere. Con le palpebre socchiuse, un po' perché erano cinesi e avevano gli occhi a mandorla, un po' perché con quella luce bianca e fredda ci si ve-

deva male. Con le dita indolenzite, un po' perché erano dita piccole, da bambini, troppo piccole per quegli aghi grossi da pelletteria e un po' perché dovevano cucire sempre, tutto il giorno, fermandosi solo ogni tanto per mangiare un po', dormire un po' e fare i bisogni in un secchio coperto da un'asse, in fondo alla stanza.

L'unico che non era un bambino, che non cuciva e che indossava calzoni, camicia e scarpe, era un uomo dalla testa cosí rasata da luccicare sotto ai riflessi del neon. Stava seduto su una sedia accanto all'unica porta della stanza, con i piedi appoggiati al muro e le mani in tasca, ascoltando la musica di un walkman attraverso le cuffie che teneva sulle orecchie. Ogni tanto entrava un altro uomo, basso e tarchiato, con i capelli tagliati a spazzola e si metteva a chiacchierare con lui. Parlavano e ridevano forte ma Hô non riusciva a capirli perché parlavano nel dialetto di Pechino mentre lui era della provincia di Shanghai.

Hô era il dodicesimo bambino, quello proprio sotto alla finestra. Aveva otto anni, lavorava in fretta per non farsi notare ed era magrissimo perché mangiava molto poco. Non perché non avesse fame, anzi, ne aveva tanta, come tutti gli altri bambini. Non mangiava perché aspettava l'occasione giusta.

Quella mattina, l'uomo con i capelli a spazzola entrò nella stanza e si mise a parlare con quello con la testa rasata. Aveva qualcosa da mostrargli, qualcosa che tirò fuori da una borsa da ginnastica e che strappò a Testa Rasata un fischio di ammirazione. Era un mitra, un piccolo fucile mitragliatore col calcio pieghevole e un lungo caricatore a mezzaluna. Capelli A Spazzola lo mostrò a Testa Rasata che prima volle toccarlo, poi prenderlo in mano, anche se Spazzola non voleva. Poi riuscí a farselo dare, lo imbracciò, fece per mirare, toccò il grilletto e dal mitra partí una raffica. I proiettili si schiacciarono sul muro sopra la testa dei bambini, che cominciarono a gridare e a correre per tutta la stanza. Spazzola urlò, fece un salto indietro e colpí con uno schiaffo Testa Rasata, che lasciò cadere il mitra. Partí un altro colpo che rimbalzò sul muro e fischiò tra i bambini che urlavano e correvano, spaventati.

Tutti, tranne Hô. Per lui, quella era l'occasione giusta. Con un salto montò sul suo banchetto rotondo e con un altro salto si aggrappò all'inferriata che chiudeva la finestra. Magrissimo com'era, riuscí a sgusciare tra le sbarre e a scivolare fuori, sul marciapiede della strada che correva sopra la cantina. Lí, sprecò soltanto un secondo a rinfilarsi il sandalo che aveva perso divincolandosi tra le sbarre, poi vide la moto che si fermava sotto il portico e scattò. Quando viveva in Cina, Hô andava a scuola, ma non a una scuola normale, alla Scuola del Circo di Shanghai. Alla scuola, prima che partisse per l'Italia come clandestino, Hô imparava a fare salti mortali, capriole volanti e acrobazie come quella che prima l'aveva portato fuori dalla cantina e che ades-

so lo portò in piedi sul sellino della moto. Il proprietario, un uomo con un berretto a quadretti che ne stava scendendo, non aveva neppure fatto in tempo a spegnerla. Hô afferrò il manubrio, dette gas, fece cadere indietro l'uomo col berretto a scacchi e filò via, sotto il portico, come un razzo. fusée

37° e mezzo

Io, quando ho la febbre, è meglio che resti a letto. Non è che mi sento male, no... di solito me ne accorgo soltanto quando passo i trentotto, trentotto e mezzo. Allora tremo, ho i sudori freddi, mi fanno male le ossa e la testa, e devo mettermi davvero a letto. Ma prima no, non me ne accorgo neppure. O almeno... mi sembra. In realtà sono piú lento nei movimenti, piú distratto & piú scarso di riflessi e cosí finisce che combino un guaio.

Ma il primo giorno di lavoro non si può rimanere a letto solo perché si ha la febbre a trentasette e mezzo, non è possibile... e cosí: aspirina, please, anzi due e via in macchina, al lavoro.

Di mestiere, io, faccio il poliziotto alla Squadra Mobile di Bologna. O meglio, da oggi faccio il poliziotto alla Squadra Mobile... fino all'altro ieri facevo l'allievo alla scuola di polizia di Ventimiglia e fino a ieri ero di pattuglia sulle volanti, in divisa. Adesso sono alla Mobile, agente scelto, in borghese.

Inscatolato dentro la mia 2CV rossa sulla strada che porta alla Questura.

Primo giorno di lavoro.

E ho trentasette e mezzo di febbre.

Sarà per questo che quando volto a destra per lasciare i viali e prendo una stradina stretta tra due portici, da dietro a una colonna sbuca una specie di siluro che mi centra una portiera. Faccio appena in tempo a notarlo con la coda dell'occhio, un riflesso argentato che mi arriva addosso, dritto & velocissimo, sibilando, come un kamikaze. Io inchiodo a morte ma

SCREEEEEECT

BUM!

COLPITO!

Per queste cose la 2CV è proprio una macchina del cavolo. È sottilissima, tutta di lamiera e se non fosse che l'ho sempre invidiata a un mio cugino fricchettone che ce l'aveva, tutta colorata & coperta di decalcomanie, forse non l'avrei mai presa.

Quando viene centrata dal siluro sbanda a destra e quasi si rovescia. La portiera mi entra praticamente nell'abitacolo e il cofano mi si piega sotto una specie di palla a righe bianche & blu che ci rotola sopra. Resto un attimo stordito a scuotere la testa e a sbattere gli occhi, poi apro e mi precipito fuori. Il primo sguardo è per la palla a righe, che fa un paio di capriole sotto il portico di sinistra e poi si ferma, aprendosi.

Non è una palla, è un bambino in canottiera, un bambino cinese dalle ginocchia tutte scorticate che mi guarda con gli occhi piú spalancati del mondo. Attorno a lui ci sono alcune carte che gli devono essere uscite dai calzoncini corti ed è a quelle che cerca di avvicinarsi, senza neppure pulirsi il sangue che ha sulle ginocchia.

Ma quasi sopra alle carte ci sono io e il bambino fa solo uno scatto in avanti e poi si tira indietro, pronto a scappare. Ha lo sguardo piú terrorizzato che abbia mai visto.

Eppure io non sono certo il tipo che fa paura. E non sembro neanche un poliziotto. Alto, sí, ma magro come un chiodo. Capelli rasati sulle tempie & ciuffo sulla fronte. Camicia Ben Sherman a quadretti piccoli, calzoni Levi's Sta Press con la piega, anfibi Doc Marteens e sopra tutto il mio vecchio PARKA col simbolo dei Toasters sulla manica, quella specie di impermeabile verde tipo eskimo che ho da quando ero prima un MOD e poi uno SCOOTER BOY. E che mia madre ha cercato di bruciare, buttare via e nascondermi da quando avevo diciassette anni fino a ora che ne ho venti. E se ho un rigonfiamento alla cintura, non è la pistola, che non porto mai, but il walkman con dentro una vecchia cassetta dei Madness, please. Insomma, tutto meno un poliziotto e/o un tipo pericoloso.

Però il cinesino ha paura, fa un altro scatto in avanti + due indietro e quando io faccio un passo verso di lui skizza via lungo il portico.

– Fermo! – gli grido. – Non è successo niente! Stai tranquillo, non è successo niente!

È successo, invece. La mia 2CV è praticamente da buttare. Sta piegata da una parte come una corazzata silurata da un U-boot e ha la portiera quasi sfondata. Ma quello che mi fa spalancare gli occhi e mi fa portare le mani alla faccia in un gesto di stupore, è la moto che ci sta incastrata dentro. È una LAMBRETTA, una mitica, meravigliosa, originale LAMBRETTA DEGLI ANNI '60. Bianca, aerodinamica, cromata, lucidissssssima e completa di specchietti laterali. Il sogno, anzi, il SOOGNO, anzi **IL SOOOGNO** della vita di ogni vero Scooter Boy. Vederla cosí, ferita, con la ruota davanti storta come un naso rotto, mi fa male al cuore. E mi sa anche che in quel momento la febbre mi sale di un paio di gradi.

Dura un attimo. Poi mi ricordo che sono un poliziotto, anche se al primo giorno di lavoro. E mi chiedo:

COSA CI FA UN BAMBINO CINESE
DALL'APPARENTE ETÀ DI OTTO-DIECI ANNI
SU UNA MERAVIGLIOSA LAMBRETTA STILE
REAL OLD SIXTIES SPARATO A TUTTA
VELOCITÀ SOTTO UN PORTICO?

Mi tornano in mente anche i fogli sparsi per terra e corro a raccoglierli. Naturalmente, appena mi avvicino una folata di vento mi passa tra le gambe e li sparpaglia in giro. Uno lo afferro al volo, sgualcendolo nel pugno chiuso, l'altro lo pesto con l'anfibio lasciandogli sopra un timbro nero made in England e al terzo mi tocca corrergli dietro, quasi in strada. Metto la testa fuori dal portico e la ritiro appena in tempo per non farmi fare lo scalpo da una ragazza in motorino che si volta e mi grida: – OHÉ, MA COSA SEI, SCEMO? – Non rispondo, recupero il foglio e mi appoggio a una colonna per esaminarli tutti & tre.

Sul primo c'è scritto piú o meno cosí:

楷书 仿宋 黑体 粗黑 細隸 細圓

魏碑 行书 隶书 圓黑 綜藝 疊圓

楷书 仿宋 黑体 粗黑 細隸 細圓

魏碑 行书 隶书 圓黑 綜藝 疊圓

圆黑 姚体 标宋 魏碑 行書 隸書

粗黑 细隶 细圆 楷書 仿宋 黑體

楷书 仿宋 黑体 粗黑 細隸 細圓

魏碑 行书 隶书 圓黑 綜藝 疊圓

圆黑 姚体 标宋 魏碑 行書 隸書

粗黑 细隶 细圆 楷書 仿宋 黑體

楷书 仿宋 黑体 粗黑 細隸 細圓
魏碑 行书 隶书 圓黑 綜藝 疊圓
圆黑 姚体 标宋 魏碑 行書 隸書

Cioè è scritto in cinese e dato che io di cinese non capisco un'akka è come se alla fine non ci fosse scritto niente.

Idem per il secondo, che però ha una fotografia in alto a destra ed è la foto del cinesino kamikaze, dal che ne deduco che potrebbe trattarsi di un passaporto o qualcosa di simile.

Il terzo me lo conferma, perché ha almeno un paio di frasi in inglese, una delle quali, appunto è *Passport of* e poi *Chang* e altre parole, che se Chang è il nome forse sono il cognome.

«Bene, – penso, – caro Chang, questa volta non mi scappi. Ho i tuoi documenti e vedrai che prima o poi ti trovo».

Sorrido, soddisfatto, ma smetto subito. Una rapida occhiata all'orologio e al disastro automobilistico che ho accanto mi informa che sono già in ritardo di mezz'ora sull'orario d'ufficio e che non ho piú neanche un mezzo di trasporto. E trentasette e mezzo di febbre. In aumento.

Pensavo di beccarmi un kazziatone dal commissario, alla Mobile, e invece nessuno si accorge che sono arrivato in ritardo. Mi sono appena tolto il parka e ho fatto in tempo al pelo a sedermi alla mia scrivania che il mio superiore diretto, l'ispettore De Nicola, entra in ufficio e mi mette sul tavolo alcuni rapporti da ribattere. Dice solo: – To', Vittorio, tieni, – e nient'altro, come se fossi lí dalle nove di mattina, il che mi fa riflettere cupamente sul fatto che lí dentro sono davvero l'ultima ruota del carro. *To', Vittorio*... e basta.

Allora aspetto che esca, mi alzo, prendo i documenti del cinesino e facendo finta di essere impegnato in un affare della massima importanza salgo al piano di sopra, all'Ufficio Stranieri. Dove lavora Todeschini, un mio vecchio compagno di corso. E non solo.

Fino a poco prima di entrare nella polizia, io e Todeschini suonavamo nello stesso gruppo. Cioè, suonavamo... quasi. Nei gruppi musicali di solito le cose vanno cosí, chi non sa suonare niente suona il basso e chi non sa suonare nemmeno quello canta. Todeschini cantava. Io suonavo il basso. Ci chiamavamo i *Kappuccino Kid*, avevamo un look da Mod con capelli alla Beatles, giacchette e cravattine e pantaloni con la piega e facevamo musica sixties, ska e un po' di rhythm'n'blues indurito dal fatto che il batterista era uno skinhead rasato e tatuato, che di soprannome faceva Cotenna.

Musicalmente facevamo schifo.

Ma no *schifo*... **SCHIFO**!

Col basso io non ero mai andato oltre a un *tu-*

du-dum sempre uguale e Todeschini si limitava a un *bau-bau* ritmico, dato che piú che cantare abbaiava. Cotenna picchiava sempre e comunque come un fabbro, qualunque tempo dovesse tenere e le sue variazioni ritmiche andavano da *tum-tum-cià* a *TUM-TUM-CIÀ*, fino a quel concerto che fece

TUM-TUM-CIAAAARGH!

perché picchiò cosí forte che si spaccò un polso.

I *Kappuccino Kid* si sciolsero in blocco quando io e Todeschini partimmo per fare il militare nella polizia.

Ma se a cantare era un cane, di certo Todeschini è un genio con i documenti. Lo era anche a scuola, quando falsificava le giustificazioni del preside cosí bene che non se ne accorgeva neanche lui. Cosí, quando gli do i tre foglietti del cinesino kamikaze, lui fa solo una smorfia che gli increspa la fronte sotto la stempiatura bionda e sorride.

– Passaporto interno della provincia di Nanchino, – dice, – permesso di espatrio del governo cinese e richiesta di soggiorno provvisorio. Ne ho visti a centinaia di questi... dammi massimo mezz'ora e se sono in regola ti dico presente, passato e futuro del tuo Chang. Ma davvero ti ha fatto fuori la 2CV?

Allargo le braccia, senza dire niente perché sento male, malissimo, sia al cuore che al portafogli.

– E tuo padre? Lo sa?

Scuoto la testa. Il portafogli mi fa sempre piú male.

– E la Lambretta?

Mi torna male al cuore. Perché dubito che una Lambretta come quella sia di proprietà di un cinesino di otto anni per cui, appena il proprietario si accorgerà che gliel'hanno rubata, arriverà la denuncia e dovremo restituirgliela. Per adesso è nel parco macchine della Questura, nel garage sotterraneo della caserma.

– Va be'... tornatene in ufficio che quando ho fatto ti chiamo io. Intanto ti do una dritta... all'Ordine Pubblico cercano volontari per domenica, per fare servizio al concerto degli U2. Se ti sbrighi riesci a fartici assegnare.

Non ci riesco. Altro che *IÚ CIÚ*. Il commissario si accorge che sono arrivato in ritardo e per punizione mi sbatte alla partita Pontecchio Marconi contro Rivazza di Sotto che ci sarà domenica prossima. Cinquanta persone al massimo ma tutte incazzatissime e con una gran voglia di sbudellarsi a vicenda. Sei carabinieri e tre poliziotti in tutto. Praticamente il massacro di Fort Apache. E dire che del calcio non me ne è mai fregato proprio niente.

Per il resto della mattina batto e ribatto dei rapporti e cosí fino a sera. Perché quando Todeschini dice *massimo mezz'ora* in realtà passano i giorni, se dice *dammi ventiquattr'ore* passa una settimana e se dice *al piú tardi domani* allora è la volta che non lo rivedi piú. Il fatto è che il cinesino mi serve per l'assicurazione della 2CV, che se no non paga. Cosí, mi rassegno ad aspettare, finisco il mio turno e resto in ufficio anche fuori tempo massimo per rifarmi col commissario e dato che ho finito tutto faccio finta di battere qualcosa mentre ascolto i Madness col walkman imboscato dietro il colletto della camicia.

One step beyond... ta-ra-rara ta-ra-ra-rí ra-ra-ra...

Un buffetto sparato con l'unghia del medio mi colpisce alla punta del naso cosí forte che per un momento credo che me l'abbiano staccato. C'è solo una persona in grado di tirare dei nocchini cosí forti: Matteo Burrascone. Quando eravamo assieme alle elementari sparava fascette di carta piegate ad angolo nel sedere delle bambine con certe fucilate che strillavano come aquile. Poi ne prese una in un occhio, venne sospeso e ci perdemmo di vista. Non sapevo che lavorasse in Questura anche lui.

– Ufficio Passaporti, bello... certo, non è divertente come qui alla Mobile, ma ogni tanto capita qualcosa di buffo anche da noi. Come questo.

Mi mette davanti i documenti del cinesino, con un post-it attaccato sopra, che non riesco a leggere perché è a rovescio. Lo legge lui.

– Chang Qwahn-Zi... che si pronuncia *ciancuanzí*. I documenti sono in regola, è tutto a posto e corrispondono a un regolare permesso di soggiorno che sta registrato da noi in ufficio con residenza e numero di telefono.

– Fantastico, Burrasca. Ti perdono quella volta che mi hai chiuso il gatto della bidella nello zaino.

– Non sono stato io.

– Come no. Tigrino, il Soriano Assassino. Mi fece secchi tre quaderni dell'Uomo Ragno, mi graffiò a sangue una mano e a momenti la bidella mi stacca un orecchio con un tozzone perché credeva che ce l'avessi messo io. Vai tranquillo, Burra, ti perdono.

– Aspetta a dirlo.

Ha un sorriso che non mi piace, Burrasca. Un sorriso che promette burrasca, appunto. Di piú, uragano, tornado, terremoto.

– I documenti sono veri e intestati a questo Chang, ma la fotografia non corrisponde. Chang Qwahn-Zi è nato a Pengpu, nella provincia di Nanchino, il 15 ottobre del 1872. Complimenti, Vittorio. Ti sei fatto speronare la macchina da un bambino cinese di centoventicinque anni.

Hô non si chiamava Chang Qwahn-Zi ma Hô San-Qwei che si pronunciava Osancuei. E non era nato a Pengpu nella provincia di Nanchino nel 1872, ma a Soochow, nella provincia di Shanghai, il 25 dicembre 1988, sotto il segno del Dragone.

I documenti li aveva avuti a Firenze, da un uomo legato alla Triade di Shanghai a cui suo padre, Yu San-Qwei, l'aveva ceduto per pagare un debito equivalente a settecentocinquanta dollari americani. Una fortuna per una famiglia povera come la sua. Una fortuna da pagare in fretta alla Triade, la criminalità organizzata cinese, che in fatto di debiti non scherzava mai. Come fare? L'unica era cedere un figlio, dato che ne avevano tanti, troppi, quattro e un altro in arrivo. In Europa c'erano coppie pronte a pagare per adottare un bambino e a Firenze ce n'era una che voleva un piccolo cinesino.

Cosí Hô era partito da Shanghai nascosto nella stiva di una nave con altri bambini, era arrivato in Italia ma lí avevano scoperto che aveva otto anni e non cinque come aveva detto il padre e otto anni per la coppia fiorentina erano troppi e non l'avevano voluto piú. Rimandarlo indietro sarebbe stato una perdita di tempo e di soldi, e allora a Bologna, a lavorare alle borse nella cantina.

Ma adesso Hô era scappato e ai documenti non ci pensava piú. Aggrappato a una grondaia a quasi dieci metri di altezza, accanto a una finestra, aspettava che la donna finisse di mettere a letto il bambino e sperava che non chiudesse la finestra del bagno. Non la chiuse, infatti, e svelto come un gatto Hô si infilò nell'appartamento e da lí nella camera da letto, dove c'erano un lettino con le sbarre, un lettone grande e un telefono. Era la prima volta che ne toccava uno, ma suo padre gli aveva fatto vedere come si faceva e glielo aveva fatto ripetere decine e decine di volte con una scatola di cartone su cui aveva messo di traverso una ciabatta. Sollevare la cornetta. Battere nove volte con le dita, in fondo al centro, un po' piú in su a destra e tutto il resto, come gli aveva insegnato. Aspettare che rispondesse qualcuno e dire «parlare con Sui», in italiano. – Palla-re Sui, – disse Hô, nel telefono dell'appartamento. Poi, in cinese, appena avesse risposto Sui, «sono Hô, per favore vienimi a prendere e riportami a casa», e dire il luogo in cui si trovava. Ma a quel punto, Hô non sapeva piú cosa dire. Dov'era? Come si chiamava quel posto? Come si chiamava quella casa? Cosí disse solo – Bologna, – appoggiò il telefono sul tavolo, aprí la finestra e scivolò giú per la grondaia perché la porta si stava già aprendo e nella stanza stava entrando qualcuno.

Prima di scappare, Hô sentí una voce di donna, su nell'appartamento. Diceva: – Aldo, vieni a vedere... il bambino si è alzato dal letto e ha telefonato in Cina! E ha solo diciotto mesi!

Ma era in italiano e Hô non lo capí.

37° e otto

Comincio a sentirla, la febbre. È una specie di elettricità che mi scorre sotto la pelle e si avverte appena, lungo la schiena e nelle gambe. Mi fa venire voglia di girarmi nel letto in cerca di un punto fresco sul lenzuolo per ripiombare nel sonno e dormire piú o meno per il resto della mia vita, please. Soprattutto, mi fa venire voglia di spegnere la sveglia collegata allo stereo.

Tutte le mattine, quando suona, parte *My Generation* dei Jam e a me viene una gran voglia di saltare fuori dal letto e ballare nella stanza, in mutande e maglietta. Ma questa mattina no. Questa mattina ho sonno, mi sento stanco e ho freddo e vorrei rimanere a letto. Cosí allungo una mano sul comodino e stacco la sveglia. A questo punto, le rare volte che succede, è il momento di

ANGELICA

Angelica è mia sorella e ha un incarico particolare, che svolge con un piacere sadico. Siccome va a scuola e alle sette e un quarto è già in piedi, la maniaca, ha l'ordine di mia madre di stare attenta alla mia sveglia. Se *My Generation* continua allora va tutto bene, ma se si interrompe alle prime battute, la sua missione è quella di volare in camera mia e di saltarmi sul letto con tutto il peso dei suoi dieci anni e mezzo. Come ora.

Mi piomba addosso a volo d'angelo come una lottatrice di catch e per una frazione di secondo sogno di essere un passeggero coinvolto in un disastro aereo. Non faccio in tempo neppure a dare l'ultimo bacio alla hostess bellissima che mi schianto in fiamme contro il fianco di una montagna. Poi apro gli occhi e vedo Angelica stesa su di me, volto su volto, i suoi occhi azzurri cosí vicini ai miei che mi sembrano uno solo.

– Hai combinato un bel guaio con la macchina, ieri, – mi dice.

– Lo so, – dico io.

– Papà è arrabbiatissimo con te.

– Lo so.

– Dice che se non ti metti a posto con l'assicurazione non ti dà una lira per aggiustarla.

– Ho il mio lavoro. Me li guadagno da me i miei soldi.

– Con lo stipendio da fame che ti ritrovi è già qualcosa se riesci a pagarci la benzina, alla tua macchina.

– Non è vero.

– Ah sí? E com'è che abiti ancora qui con noi invece di affittarti un appartamento tuo?

– E tu chi sei? Il mio commercialista?

– No, sono tua sorella. Mi preoccupo per il tuo futuro. Guarda qui.

Mi prende il dito medio della mano destra, rigirandolo tra le punte delle sue ditina minuscole.

– Cos'ha il mio dito? È un dito…

– Come mai non c'è una fede? Hai già vent'anni, cominci a essere vecchio e non ti sei ancora sposato.

– Non è vero che sono vecchio… e poi, sto bene cosí.

– È perché sei timido.

– È perché… senti, ma tu cosa vuoi? E tu, allora, – le tocco il medio con la punta del dito, – perché non sei sposata?

– Scherzi? Io ho solo dieci anni.

Io lo so perché mi fa tutte queste domande. È per farmi perdere tempo. Se passano piú di dieci secondi dopo che mi è piombata sul letto e io non mi sono ancora alzato, ha il diritto di saltarmi sulla pancia. Me ne ricordo troppo tardi. Colpa della febbre.

– No, Angelica, no! Basta, per favore! Sto male!

Volo fuori dal letto e comincio a vestirmi. Angelica mi guarda, critica.

– Cosa c'è? – chiedo, mentre mi infilo una Fred Perry nera a maniche lunghe.

– È il tuo stile… è lí che sbagli. La musica che ascolti, tutte quelle cose vecchie che ti metti…

– E allora? Sono uno Scooter Boy.

– Ma va’… ma se hai piú di vent’anni! Dovresti cambiare il tuo stile, piú moderno, piú alla moda.

Finisco di allacciarmi gli anfibi e rimbocco i Levi’s sulle caviglie. – Per esempio?

– Non so… jeans tagliati alle ginocchia, cintura di pelle, una giacca con niente sotto…

È lí che la voglio. Angelica ha un solo punto debole, è innamorata cotta di Marc Owen, l’ex dei Take That, ma non vuole che si sappia. Le ho scoperto i poster nascosti nell’armadio. Lei sa che io so e appena mi sfugge un sorriso capisce. Diventa tutta rossa.

– Quanto sei stupido, – dice, – non stavo pensando a Lui –. È furiosa, gira sui tacchi e si allontana. Ma prima di uscire dalla stanza si affaccia alla porta.

– Avevo un’idea per trovare il tuo cinese, – sibila, – ma sei cosí antipatico che non te la dico.

Vado in Questura con l’autobus, aggrappato alla maniglia proprio in mezzo a una corrente d’aria che mi fa sudare freddo. La febbre comincia a indolenzirmi i muscoli delle spalle e mi fa male anche la testa, un po’. Per tutto il tempo penso al kamikaze fantasma.

Burrascone mi ha spiegato alcune cose sul mondo degli immigrati clandestini che vengono dalla Cina. I cinesi regolarmente immigrati in Italia sono circa venticinquemila, molti dei quali lavorano, sono ben integrati e non hanno particolari problemi.

I clandestini, invece, sono almeno ottomila all'anno, vengono in gran parte dalla provincia dello Zhejiang, a sud di Shanghai e questi di problemi ne hanno e parecchi.

Per riuscire a partire dalla Cina devono sborsare almeno venti milioni, che già sarebbero un sacco di soldi per me che sto qua e lavoro, figurarsi per un cinese che sta morendo di fame. Allora arriva qualcuno che si accolla il debito e questo qualcuno è la Triade, cioè la mafia cinese. La Triade ci mette i soldi e organizza il viaggio ammassando clandestini prima nelle stive delle navi e poi dentro i container dei tir.

Quando arrivano in Italia o in un altro paese d'Europa, i clandestini si trovano senza soldi e senza documenti, costretti a lavorare gratis e spesso in condizioni che neanche gli schiavi, finché non hanno pagato il debito. Il che equivale piú o meno a un periodo che va da due anni a tutta la vita.

Nessuno si ribella e nessuno parla perché, a parte che la Triade è una delle mafie piú cattive del mondo, spesso nel paese in cui si trova a vivere il clandestino c'è un atteggiamento che non lo aiuta molto.

Burrasca mi ha fatto leggere un ritaglio del giornale cittadino in cui si parla della scoperta di un laboratorio abusivo di pellame in cui lavoravano diciassette clandestini. L'articolista sembrava quasi dispiaciuto della scoperta perché i cinesi lavoravano sí come schiavi, ammazzati da turni massacranti e condizioni igieniche da schifo, ma almeno non erano in giro a spacciare eroina. Certe volte, mi ha detto Burrascone, questa città non la riconosco piú e io ho detto che è vero, accidenti.

Essendo clandestini, gli immigrati naturalmente non hanno i documenti. È per questo che a volte la Triade ricicla i documenti.

Quando muore qualcuno non permette che venga denunciato alle autorità ma lo fa seppellire in un cimitero segreto e poi ne ricicla carte d'identità, permesso di soggiorno e passaporto, falsificandoli facilmente.

Cosí succede che un ragazzo di otto anni ha i documenti di un vecchio cinese.

E allora, dove lo trovo il piccolo delinquente? Perché da una parte ne ho bisogno per l'assicurazione, va bene, ma dall'altra capisco che sotto c'è qualcosa di losco che vorrei chiarire. E poi, il ragazzino ha bisogno di aiuto. Quello sguardo terrorizzato che mi ha rivolto non posso dimenticarmelo cosí facilmente. Anzi, se non faccio qualcosa, non lo dimenticherò mai piú.

Se non fosse soltanto il secondo giorno di lavoro mi metterei in malattia, perché, tra l'altro, comincio a esserlo veramente, malato. Ma cosí farei una brutta figura con il commissario e allora trovo una scusa per assentarmi dall'ufficio.

Mi faccio dare da Todeschini tutti gli indirizzi dei centri di prima accoglienza per gli extracomunitari, delle associazioni di volontariato, dei circoli di cultura cinese, perfino dei centri buddisti. Ce ne sono parecchi, perché i cinesi a Bologna sono tanti, bene integrati nella città e organizzati e io non so come fare perché sono a piedi.

Mi viene un'idea.

Prendo l'autobus fino alla caserma della polizia, parlo con Marconi, che lavora al garage e che mi deve un sacco di favori dato che al tempo delle volanti mi sono fatto quasi tutti i suoi turni serali perché potesse uscire con la fidanzata. Marconi rifiuta, si arrabbia, poi si calma, esita, comincia a cedere e alla fine ci sta. Mi lascia la Lambretta finché nessuno viene a reclamarla. Però si rifiuta di aiutarmi a cambiare la ruota.

Certo, andare in giro in moto non è l'ideale per chi ha la febbre, ma con la mitica Old Sixties ci andrei anche se avessi la polmonite. Parka svolazzante sul sedile, occhialini rettangolari sfumati in blu, circondato da un'aureola di specchietti... YES! Gli Specials nel walkman, assieme a Selecter, Madness e Bad Manners ne *Il meglio dello ska*, please. Ma chi sono i Take That? Chi sono gli East 17? Gli Ash? Gli Oasis?

Sono cosí gasato che ballo per la strada ondeggiando a destra e sinistra con la moto e quando mi fermano i carabinieri devo fargli vedere il tesserino e anche allora fanno fatica a credere che sono davvero un poliziotto.

Con le indagini, invece, niente. Ovunque cerchi di descrivere il piccolo assassino di 2CV, primo: non sanno di chi stia parlando; secondo: mi ridono in faccia.

Per prima cosa provo in un centro di prima accoglienza, dove un obiettore con una barbetta da capra mi ascolta attentamente, seduto a una scrivania. Dietro ha il manifesto di un bambino del Ruanda, piccolissimo e con una gran pancia sporgente sotto la maglietta rossa.

– Com'è fatto questo ragazzino?

Glielo descrivo: cosí, cosí & cosà. Lui annuisce e si alza. Torna con una fotografia che è ugualissima a quella del manifesto, stesso bimbo, stessa pancia e stessa maglietta rossa.

– È questo? – mi chiede.

– Questo cosa?

– Il ragazzino che cerca.

– No di certo. Questo è nero... il mio è giallo.

– Ohé... questo è un atteggiamento razzista. Nero o giallo che differenza fa?

Lo guardo, indeciso se rispondergli o no, poi mi stringo nelle spalle. Mi scrivo sul taccuino gli estremi del bambino ruandese, mi faccio anche ripetere due volte il nome, poi, appena fuori, accartoccio l'appunto e lo butto via.

Al centro d'accoglienza dell'Arcivescovado mi va anche peggio. Entro nel corridoio buio che porta agli uffici e faccio scricchiolare le suole dei miei Doc Marteens sul pavimento lucidissimo. In fondo al corridoio, seduto in una specie di guardiola da portiere con una tenda sollevata su una finestrella, c'è un vecchio cinese con la faccia lunga, che mi sorride con un cenno del capo.

– Buon giorno, – gli dico, – sto cercando notizie di un bambino. È alto cosí, è fatto cosí, è vestito cosà.

Il cinese con la faccia lunga annuisce e continua a sorridermi senza dire niente. Sorrido anch'io e rimaniamo a guardarci per un po'. Poi ricomincio da capo.

– Un bambino. Cinese. Cosí, cosí & cosà.

Niente. A guardarlo bene, a fissarlo molto, forse potrei dire che la faccia gli si è allungata un po'.

– Sono un poliziotto, – dico. – Squadra Mobile. Sto seguendo un'indagine molto delicata. Ho bisogno della sua collaborazione. È disposto a collaborare?

Il cinese annuisce. E sta zitto.

Mi viene un'idea.

– Ah... ma forse lei non mi capisce. Mi scusi... parla italiano?

Il cinese annuisce energicamente e allarga le

braccia con un'espressione che sembra dire *e come, no?* Però non aggiunge nulla.

– È muto.

Alle mie spalle arriva una suora enorme che sembra Bud Spencer senza la barba. Anzi, a osservarla bene forse ce l'ha, la barba.

– Capisce benissimo l'italiano, – dice entrando nel gabbiotto, – ma non può parlare. È muto.

– E tenete un muto in portineria a ricevere la gente?

– No di certo. Sun Moi è seduto qui per caso. Ci sto io in portineria a ricevere la gente. Che cosa vuole? Chi è lei? Cosa cerca?

– Sono un poliziotto. Cerco un bambino cinese.

La suora scuote la testa, alza una mano e afferra la tenda sulla finestrella.

– Non c'è, – dice secca, e mi chiude la tenda in faccia.

In effetti, la mia è una ricerca abbastanza disperata. Non ho una fotografia decente, non ho un nome, non ho un'indicazione precisa e diciamocelo in faccia... non so fare questo tipo di indagine. Tra l'altro, non so niente di Cina e cinesi. E me ne accorgo quando entro nel primo centro di meditazione buddista.

Sarà perché mi si è alzata la febbre che me la sento rimbalzare su e giú lungo la schiena, ma appena mi affaccio sulla soglia del centro, che è una stanzetta quadrata con la moquette gialla, l'odore dell'incenso mi fa venire le vertigini. Nella stanza ci sono cinque o sei persone, in ginocchio per terra, davanti a una specie di tempietto dorato su un tavolino di stucco rosso che sta in fondo alla stanza. Dentro il tempietto c'è un gong, che un uomo suona ogni tanto con un martellino mentre gli altri recitano una specie di litania, dondolando avanti e indietro:

NAM-IÒ-REN-GHEN-KIÒ
NAM-IÒ-REN-GHEN-KIÒ
NAM-IÒ-REN-GHEN-KIÒ

Poi partono tutti assieme, a tempo, e cominciano a leggere velocissimi da un libriccino:

am-tài-bài-rama-saghe-tài
bim-bum-bam-astrakàn
bambulè-cinciuè
ambarambà-cicí-cocò
a-star-sotto-tocca-a-te

Una ragazza che indossa una specie di kimono e ha i capelli neri tagliati corti a caschetto, mi nota, si alza e si avvicina. È carina, piccolina e scalza e mi rivolge un sorriso tutto orientale che le brilla negli occhi a mandorla.

– A tu interessa pratica? – mi chiede.

– Pratica?

– Buddismo Sokka Gakkai?

Per me è arabo. Anzi, cinese.

– No, grazie, – dico. – Sono a posto cosí. Cerco un bambino cinese.

– In che senso *cinese*?

Penso «alè, ci risiamo con gli indovinelli», e sto per risponderle bruscamente nonostante il sorriso orientale, ma lei precisa.

– Perché per voi occidentali tutti sono cinesi, anche coreani, vietnamiti e giapponesi. Dici cinese di Cina? O cinese di dove?

– Cinese di Cina, – rispondo deciso. Poi mi viene un dubbio. – Perché, voi non siete cinesi di Cina?

La tipa scuote la testa e già io mi sento un po' di merda per la figura che ho paura di aver fatto. No, dai... non è possibile. No, dai... invece sí.

– Siamo cinesi di Giappone, – mi dice. – Ma in italiano la parola giusta è giapponesi.

Giro tutto il giorno come un idiota, sentendomi di una coglionaggine cosí grande che la puoi trovare su internet, completa di e-mail:

p.irla@scemo.id(iota)

L'unico passo avanti, che poi, in effetti, è un passo indietro, lo faccio all'associazione Italia-Cina, parlando con un cinese con l'accento spiccato di un bolognese nato sotto le Due Torri.

– Quanti anni hai? – mi chiede il tipo dopo che gli ho appena finito di chiedere del mio ragazzino.

– Venti... perché?

– E da quanto tempo stai alla Mobile?

– Ehm... oggi è il secondo giorno.

– Ah... adesso si spiega. Senti, ma davvero tu credi di poter scoprire qualcosa cosí, andando in giro a fare domande? Guarda che quello dei clandestini, dei cinesi clandestini, è un mondo oscuro, dominato dal silenzio piú totale. I clandestini hanno case loro, ospedali loro e cimiteri loro e dietro ci sono le bande criminali legate alla Triade. Lo sai cos'è la Triade?

– La mafia cinese.

– Bravo. Secondo te se un poliziotto novellino al secondo giorno di lavoro andasse a Palermo a fare domande sulla mafia riuscirebbe a scoprire qualcosa?

– No, non si riesce a scoprire niente neanche a Bologna...

– Ecco, figurati in Cina. Perché nel mondo dei clandestini è come se fossimo in Cina. Il ragazzino che cerchi è nascosto in quel mondo buio come l'Inferno e non sarà certo un poliziotto con l'adesivo dei Toasters sulla manica del parka a illuminarlo.

– Conosci i Toasters?

– Sí, ma mi fanno schifo. Io ascolto Heavy Metal.

È con animo deluso e rassegnato, quindi, che mi accingo a bussare all'ultima porta prima che si faccia buio, che la mia scusa per l'ufficio vada a farsi benedire e che Marconi mi denunci per aver fregato la Lambretta. È un ristorante cinese con un drago rosso disegnato sul vetro della porta, draghi rossi come arredamento nella sala e un puzzo di fritto cosí forte che sembra che in cucina ne abbiano appena messo in padella uno, di draghi rossi.

Appena entro, una ragazza dietro il bancone che corre lungo una parete mi fissa a lungo con un'aria che credo sia interrogativa. Il fatto è che non sono molto abituato ai volti orientali e faccio fatica a decifrare la sua espressione. Stringe le labbra e spalanca gli occhi... stupore?

In effetti è molto presto e nel locale non c'è nessuno. Mi indica la cucina, scuotendo la testa e io gli dico che no, non voglio mangiare. Voglio parlare col padrone, il signor Kao. Kao, Mao, Bao... mi sento scemo a ripeterlo cosí, a bocca spalancata e mi viene il dubbio che magari sbaglio a pronunciare il nome e chissà che castroneria sto dicendo.

Allora tiro fuori il tesserino da agente scelto e la ragazza allarga ancora di piú gli occhi, mentre la bocca le si stringe cosí tanto che a momenti le sparisce dalla faccia. Dice una cosa a bocca strettissima, poi mi indica un tavolo, mi spinge a sedere nonostante non voglia e schizza in cucina.

Un attimo dopo, mentre mi sto schiacciando una mano sulla fronte per sentire quanto scotta, le cannucce di bambú finto che chiudono l'ingresso della cucina tintinnano ed entra:

❤❤❤ *LEI* ❤❤❤

È la ragazza piú bella che abbia mai visto, anche se – e l'ho appena detto – ai volti orientali non ci sono molto abituato. Alta, slanciata, carnagione scura e occhi a mandorla, naturalmente. Capelli neri & lisci tenuti indietro da un frontino. Volto appena un po' ovale & zigomi alti. Espressione enigmatica & insieme sensuale. Un vestito lungo, azzurro, con un bordo dorato che dal collo alla orientale le scende giú fino ai piedi. Mi sembra di essere in un film di 007.

La ragazza ha in mano un vassoio con una bottiglia di birra cinese e un bicchiere. Dico no, no con la voce e con le mani ma lei me la stappa e me la versa lo stesso e poi resta a guardarmi finché non ne bevo un sorso. La birra a digiuno e con la febbre mi sconvolge lo stomaco e il cervello, cosí le sorrido, nonostante di solito sia timido e le chiedo come si chiama. Lei mi guarda, enigmatica e sensuale. Bellissima. Beeellissssima.

– Come ti chiami? Nome, tuo nome... Io Vittorio... Vit-to-ri-o. E tu? Come chiamare tu?

Dopo un po' che parlo come Tarzan, finalmente sembra capire. Annuisce, seria.

– Sui. Mio nome. Sui.

Sto cercando qualcos'altro da dire quando arriva il signor Kao, un omettino minuscolo ma molto energico che mi dice che lui di assistenza agli immigrati non si occupa piú da un pezzo, che non ne vuole sapere niente, non sono affari suoi, buona sera, grazie e saluti alla bellissima compagna. E poi mi butta fuori.

Via Zanardi, a Bologna, è uno stradone largo che in certi punti sembra quasi campagna, soprattutto quando si fa sera. Non è proprio la via piú breve per raggiungere il garage della caserma ma io l'ho scelta proprio per quello, per poter rimanere un po' piú a lungo sulla Lambretta Dei Miei Sogni. Ho anche tirato su il cappuccio del parka per nascondere le cuffie e sto ascoltando gli Styles Council.

You're the best thing I've ever had... tu sei la cosa migliore che abbia mai avuto e sono indeciso se la cosa piú bella che potrei avere sia proprio la Lambretta o piuttosto la bellissima Sui. Ci devo tornare in quel ristorante. Appena riuscirò a trovarne il coraggio.

Sento il ringhio di un motore che si avvicina, che si avvicina molto e per un momento penso che siano di nuovo i carabinieri che vogliono fermarmi. Un'occhiata agli specchietti retrovisori mi rivela che è un furgoncino blu notte che mi sta dietro e cosí attaccato che sembra che voglia speronarmi. Un'altra occhiata mi conferma che non *sembra... vuole* speronarmi.

Lo evito con uno scarto del volante cosí brusco che la Lambretta sbanda verso destra, scoda a sinistra ma poi tiene la strada. Mitica Old Sixties. Giro la manopola del gas e scatto in avanti, ma il furgoncino mi segue, ostinato & duro. Dentro, ci sono due uomini, due sagome che intravedo appena per il buio che sta calando rapidamente: una con un taglio di capelli quadrato come una spazzola, l'altra con un berrettino a scacchi girato all'indietro. Che cavolo vogliono? Stanno scherzando?

No, non scherzano. Accelerano anche loro e mi stringono contro il marciapiede. Io freno, do gas e mi divincolo, ma loro mi sono ancora addosso e allora io mi infilo su per uno scivolo e corro lungo il marciapiede, ma poi questo finisce e mi ritrovo in strada. Passo davanti al furgoncino e per fortuna l'autista frena, istintivamente. Tiro dritto per una stradina laterale tutta curve e cosí stretta che ci passiamo solo noi, io con la Lambretta e il furgoncino che mi segue come uno schiacciasassi. Siamo in salita, la Mitica sbuffa e arranca e io vedo la lamiera blu notte del furgone che mi riempie sempre di piú gli specchietti retrovisori, come se calasse il buio. Si avvicinano i bastardi, sempre di piú, sempre di piú, finché non mi sono attaccati e io mi aspetto che mi travolgano. Invece rallentano un po' in modo da darmi solo una spinta, abbastanza forte da farmi scivolare di lato ma non abbastanza per schiacciarmi.

Volo via comunque, con la Lambretta che gratta un po' sull'asfalto e si ferma sul bordo di un fosso e io che invece ci finisco dentro. Mi alzo che sono una iena... piú cattivo di Rocky III, IV e V messi assieme e stringo i pugni urlando – OH MA DICO, VI TIRA IL CU... – ma mi blocco proprio a fine frase.

Il tipo con i capelli a spazzola è sceso dal furgone.

Ha in mano un mitra.

Ha in mano un mitra e fa scorrere l'otturatore.

Ha in mano un mitra, fa scorrere l'otturatore e lo punta su di me.

Ha in mano un mitra, fa scorrere l'otturatore, lo punta su di me e spara.

Se avessi avuto le gambe piú corte sarei morto. Il fatto è che con i trampoli che mi ritrovo fin da bambino, mi hanno sempre fatto fare salto in alto, con la speranza che diventassi un campione. Non ho mai superato il metro e cinquanta ma ho imparato a saltare in fretta, quasi d'istinto e cosí volo nel fosso con un tuffo che mi rintrona ma mi salva la pelle, mentre la raffica falcia l'erba a pochi centimetri da me. Porto la mano alla cintura, stupidamente, dato che la pistola non ce l'ho e mi affaccio oltre il bordo stendendo il braccio. Non avendo altro, punto il walkman e grido – POLIZIA! FERMI O SPARO!

Spazzola è lontano e non si accorge che in mano non ho una Beretta bifilare calibro 9 x 19 ma il doppio degli Style Council con *The Best of*. Si tira indietro e si china oltre il furgone, mentre Berretto a Scacchi si abbassa sul sedile. Guadagno una frazione di secondo, forse due, ma non potrà durare molto perché se non sparo questi si accorgono che sono disarmato e mi ammazzano. Ancora piú stupidamente – ma sono in pieno panico – prendo la mira con il walkman e schiaccio il pulsante rosso di rec.

BUM! BUM! BUM! BUM!

Quattro colpi uno dietro l'altro mandano in frantumi il parabrezza del furgone, mentre un quinto

BUM!

stacca il fanalino d'angolo, proprio davanti a Spazzola che schizza indietro con una bestemmia in cinese, tipo «魏碑行»!

Cappellino mette in moto, fa marcia indietro a razzo e a momenti travolge Spazzola che si attacca alla portiera e se ne va con lui in una nuvola di polvere d'asfalto.

Io non capisco. Guardo il walkman che gira silenzioso con il tasto rec premuto e mi chiedo come kazzo abbia fatto a sparare. È mentre penso che è *impossibile* che il mio Sony a pile abbia tirato cinque colpi sul furgone e quindi deve aver sparato qualcun altro che sento un fruscio alla mia destra, sul bordo del fossato.

Non faccio in tempo a voltarmi che un calcio sulla tempia mi gira la testa di lato e mi spedisce nel mondo dei sogni.

Mangiare poco è una cosa. Non mangiare niente è un'altra.

Hô era abituato a mangiare poco, perché la sua era una famiglia povera, cosí povera da doversi vendere un figlio. In Occidente, gli avevano raccontato, si diceva che una famiglia di cinesi campava con un pugno di riso. Lui c'era stato in una famiglia di cinesi e sapeva che un pugno di riso basta appena a non morire di fame. Ma niente niente, no... senza niente si muore davvero.

Cosí aspettò, nascosto dietro l'aiuola fiorita che abbelliva la stazione, curvo dietro un vaso, come un topolino. Aspettò che la signora della cassa si chinasse per prendere il resto e svelto come un topolino scattò verso il bancone dello snack bar, afferrò una brioche per ogni mano e tornò dietro l'aiuola. Non l'aveva visto nessuno, proprio come un topolino.

Lí nascosto, diede un morso all'angolo abbrustolito di un cornetto, sforzandosi di mangiare piano.

Aveva solo due brioche e poteva volerci molto prima di scoprire qual era il treno che partiva per la Cina.

38° e due

Ma lei ha la febbre...

– No, no... non importa...

– Eh sí che importa, invece... potrebbe essere una commozione cerebrale. Si rimetta sul lettino... infermiera!

– No, no... la botta non c'entra. Ce l'avevo anche prima...

Sono seduto sul lettino del Pronto Soccorso, con un cerotto all'angolo della fronte. Mi sembra di avere la testa come Elephant Man, gonfia e bitorzoluta da una parte. La febbre deve essermi salita, perché l'elettricità che ho sotto la pelle comincia a corrermi anche sulle labbra. Ho la bocca impastata come se avessi dormito per ore... e in effetti è vero. Richiamata dagli spari una pattuglia dei carabinieri mi ha trovato svenuto in un fosso e ha chiesto un'ambulanza. Mi sono svegliato al Pronto Soccorso, steso su un lettino, la faccia barbuta di un dottore cosí vicina alla mia che per un attimo ho creduto che volesse baciarmi. Invece mi ha messo in bocca un termometro.

– È sicuro che ce l'aveva anche prima la febbre? Guardi che altrimenti dobbiamo tenerla in osservazione...

Scuoto la testa, dimenticandomi del mio stato e devo aggrapparmi al bordo per non cadere giú dal lettino. Bisogna che stia attento a non muovermi troppo in fretta.

– Tranquillo, – dico abbottonandomi la camicia. – Sto bene. Adesso vado a casa.

– Tu non vai da nessuna parte.

La voce del commissario mi rimbomba tra le orecchie come un tuono. Devo aggrapparmi di nuovo al lettino.

– Vittorio, ma che cazzo mi combini? Inseguimenti, sparatorie, raffiche di mitra... dove ti credi di essere, in America?

– Io? Io non c'entro niente... io stavo andando a riportare...

– Me lo spieghi con calma domani, quando mi fai il rapporto. Dimmi solo chi t'ha sparato.

– Mah... due tizi in un furgone. Uno era un cinese. Aveva un mitra.

– Lo so... abbiamo trovato i bossoli. E con te? Chi c'era?

– Con me? Nessuno...

– C'erano cinque bossoli calibro 9 dalla tua parte. Tu la pistola non ce l'avevi... non dirmi che li hai sparati col walkman.

Apro la bocca ma no, non lo dico. La richiudo subito e mi stringo nelle spalle. Male, malissimo.

– Va be', – sibila il commissario. – Ne parliamo domani. Vai a casa e infilati a letto, magari con la fidanzata. Cos'è, cinese anche lei? Non sarà una storia di corna?

– Cinese? La mia fidanzata? Perché?

– Perché per tutto il tempo che sei rimasto svenuto non hai fatto altro che chiamare questa Sui, Sui... è un nome cinese, no? Buona notte, Vittorio... a domani.

Fa un passo verso l'uscita ma si ferma, voltandosi indietro.

– Ah, senti un po'... quella Lambretta...

Un brivido mi corre lungo la schiena. Adesso mi cazzia. Mi denuncia per appropriazione indebita. Mi fa sbattere dentro per furto aggravato...

– Te l'ho fatta parcheggiare qua sotto. Però tienila meglio la tua moto... è bella, davvero. Complimenti.

Quando arrivo a casa mi ricordo con sollievo che i miei sono dalla nonna fino a domani, altrimenti avrei dovuto subire tutte le domande di mia madre sul cerotto che ho sulla fronte e lo vedi che fare il poliziotto è un mestiere pericoloso e io te l'ho detto che era meglio studiare da dottore eccetera eccetera. E fortuna che la sparatoria non uscirà sui giornali prima di domani. Tutto quello che voglio per questa sera è prendere un'aspirina, anzi due e infilarmi a letto di corsa.

Passando davanti al salotto, però, vedo Angelica in ginocchio su una sedia, i gomiti appoggiati sul tavolo, che fissa intensamente qualcosa. Si accorge che mi sto avvicinando e lo nasconde sotto il quaderno dei compiti. Dieci a uno che è la foto di Marc Owen. Di solito cercherei di fargliela tirare fuori, ma questa sera sono troppo stanco, cosí lascio perdere, le scompiglio un po' i capelli biondi e vado in cucina a cercare le aspirine. Lei sembra apprezzare la mia discrezione, perché quando torno in salotto con in mano un bicchiere spumeggiante di acido acetilsalicilico, mi guarda con aria seria ma ben disposta.

– Cos'hai fatto alla testa? – chiede.

– Sono caduto dalla moto.

– La vuoi sentire la mia idea per trovare il piccolo cinese?

– Spara.

– E.T.

– Cioè?

– Se questo cinese ti è venuto addosso vuol dire che stava scappando. Se stava scappando vuol dire che era prigioniero in un posto che non era casa sua, come E.T. E cosa fa E.T. quando vuole tornare a casa sua?

– Telefona a casa.

– Appunto.

Giro il bicchiere, cercando di far sciogliere l'aspirina piú in fretta. Non so neanch'io perché sto ad ascoltare queste bambinate. Non vedo l'ora di andarmene a letto.

– A parte che dubito che un cinese di otto anni in calzoncini e canottiera abbia una scheda telefonica cosí grande da telefonare in Cina, – dico sarcastico, forse un po' troppo, – non è possibile rintracciare una chiamata se non si sa né chi l'ha fatta, né dove, né quando, né a chi.

Bevo l'aspirina e mi lecco le labbra salate di acido. Non si era sciolta del tutto ma spero che faccia lo stesso.

– Mi dispiace che tu sia cosí cattivo con me, perché volevo dirti la seconda parte della mia idea.

– Spara anche questa che cosí poi me ne vado a letto. Credo di avere la febbre.

Angelica si alza in piedi sulla sedia, appoggiando le mani sul tavolo. Sembra un piccolo manager a una riunione aziendale.

– Lassie.

– Prego?

– *Torna a casa Lassie*... sí, lo so, è un po' vecchio ma dovresti ricordartelo. Cosa fa Lassie in quel film visto che neppure lei può telefonare? Cerca di tornare a casa.

Un rutto salatissimo mi frizza sulle labbra.

– Okay, l'hai detta. Ne prendo atto, facendo finta che a Bologna ci sia un porto con delle navi pronte a salpare per la Cina.

– Che stupido... e dire che sei anche un poliziotto. Cosa credi che ne sappia un bambino di otto anni di cosa ci va in Cina? Mica è come me che ne ho dieci e faccio la quinta... quello va alla stazione e prende un treno che se lo porti via.

'Azzo. E se fosse vero? In fondo non ha tutti i torti. Se non è stato reinghiottito dal suo inferno giallo da cinese clandestino, il piccolo sta cercando di tornare a casa. E dato che non è facile per un bimbo in canottiera e occhi a mandorla fare l'autostop senza che qualcuno chiami una volante, forse è davvero andato in stazione e forse c'è ancora. Una moto, please... devo andare.

– Ehi fermo... – la mano di Angelica si stringe attorno alla manica del mio parka, – cosa credi, che le dia, le consulenze... gratis? Sgancia diecimila.

– Sei matta. Ho fretta ed è già tanto che non ti porto via la foto di Marc Owen che nascondi sotto il quaderno.

Schizzo fuori dal salotto e prima di sbattermi dietro la porta di casa sento la sua voce inviperita che strilla.

– Va bene, simpaticone... vuol dire che non te la dico la mia terza idea!

La stazione di Bologna alle dieci e mezzo di sera è ancora molto affollata. L'atrio principale, con la biglietteria e l'edicola, la banchina del primo binario con le sale d'attesa, il McDonald 's e il self-service, l'atrio del piazzale ovest, con il banco dei libri coperto da un lungo telo azzurro, l'altra edicola che sta chiudendo e le aiuole davanti allo snack bar, sono pieni di gente e anche se il mio clandestino è un tipetto che si nota, non sarà facile trovarlo.

Allerto i colleghi della Polfer che si prestano a dare un'occhiata in giro e perlustrare vagoni fermi e magazzini, mentre io corro un po' dappertutto, sudatissimo e ghiacciato. Mi sento la testa piena di gomma e adesso mi fanno male anche le ossa delle mani. Se mi dessero un termometro ora lo farei scoppiare come un palloncino.

E se fosse già partito? E se non fosse mai riuscito ad arrivare in stazione? E se Angelica si fosse inventata tutto solo per scucirmi un deca?

Ma all'improvviso noto qualcosa che mi convince che sto facendo la cosa giusta. Sul momento non riesco a capire perché... è solo un'impressione che mi è rimasta nella coda dell'occhio, come una canzone che hai in testa dalla mattina ma che non riesci a ricordare. Maledetta febbre che mi frega i riflessi, anche quelli mentali.

Poi, eccola di nuovo quell'impressione, sempre nella coda dell'occhio. Ma questa volta faccio in tempo a registrare l'immagine e a voltarmi a guardarla.

SUI.

La ragazza del ristorante. Sempre bellissima, sempre enigmatica e sensuale, anche se adesso vestita con una salopette di jeans e una maglietta nera. Senza frontino, ma con i capelli legati a coda.

Cosa ci fa qui alla stazione?

E proprio ora? Siccome mi è passata accanto senza vedermi, la seguo di nascosto, pedinandola come mi hanno insegnato alla scuola di polizia: molto indietro, defilato dalla gente, passo lento e sguardo distratto. E mentre lo faccio mi ricordo che io ero un cane al corso di pedinamento e che non sono mai riuscito a stare dietro a nessuno per piú di un minuto.

Con i mesi devo essere peggiorato, perché tempo pochi secondi, basta che lei svolti dietro l'angolo del piazzale est che la perdo.

Corro, infatti, ma dietro l'angolo non c'è piú nessuno, solo due uomini in tuta blu che scaricano sacchi postali da un carrello di metallo. Chiedo: – Avete visto per caso una ragazza cinese? – e loro scuotono la testa.

– No, una ragazza cinese no.

La naturalezza con cui mi rispondono mi suona strana, cosí corrugo la fronte, tirandomi le maniche del parka.

– Perché, avete visto qualcos'altro di cinese qui attorno?

– Sí, – dice un uomo in tuta, – un ragazzino mezzo nudo. È andato di là.

Di là è la chiesa che sta in fondo al piazzale est. È soltanto una porta nell'edificio che chiude lo spiazzo davanti ai binari per Ravenna ma ha sulla facciata una croce al neon che la rende inconfondibile. Soprattutto adesso che il neon è mezzo fulminato e si accende e si spegne in bagliori violacei che danno a tutto il piazzale un aspetto veramente sinistro.

Saluto i postini e corro verso la chiesa. La porta non è chiusa e si apre appena la tocco.

Dentro è ancora peggio. Attraverso le finestre esterne i lampi violacei del neon si riflettono nell'unica navata, illuminandola a tratti come se fuori ci fosse una tempesta di fulmini elettrici. Se è entrato qui, il cinesino non ha molto con cui nascondersi. Nella chiesa ci sono solamente alcune file di banchi divise da uno stretto corridoio, un confessionale e un piccolo altare, in fondo, coperto da un drappo bianco, con accanto un lungo crocifisso di metallo, a stelo. Niente nel confessionale, niente tra i banchi, rimane l'altare.

Cosí prendo in mano un angolo del drappo e lo sollevo lentamente, pronto ad afferrare il delinquente casomai volesse schizzare via di nuovo.

Da sotto all'altare, nel buio freddo di marmo, due occhi terrorizzati mi fissano con un riflesso viola.

BUM!

Il tonfo della porta che sbatte mi fa mollare il drappo con un salto che mi riempie il corpo di adrenalina. Mi giro e vedo due ombre in fondo alla navata, una alta e rotonda in cima, l'altra bassa e squadrata, due ombre che avanzano un po' curve e minacciose ai lati della fila di banchi.

Un lampo viola le illumina per un secondo. Uno è un cinese alto con la testa rasata che fa ruotare attorno al polso due bastoni legati da una catenella. L'altro, con i capelli a spazzola, ha un coltello. E io non ho piú neanche il walkman.

– Calma, ragazzi, – dico con la voce piú dura che posso, – sono un poliziotto, non so se lo avete capito. Se mi toccate finite in un guaio che neanche ve lo immaginate.

Devono averlo immaginato, invece, perché continuano ad avanzare. Un altro lampo viola sulle loro facce mi fa vedere che sorridono, piú che mai sinistri. Meeeerda.

Valuto la possibilità di battere il record dei cento metri piani schizzando dritto per dritto verso la porta ma Spazzola deve avermi letto nel pensiero, perché si sposta nel corridoio tra i banchi e sogghigna violaceo, facendo balenare il coltello. Testa Rasata si avvicina facendo roteare il nunciaku e per darmi una dimostrazione di quanto sia bravo se lo fa passare dietro alla schiena per afferrarlo davanti e farlo girare di nuovo. Sembra l'attore di un film di karate e avanza verso di me come lui, tutto teso, a passi piccoli e nervosi e con le labbra strette in una specie di *miaooo* contratto e sottile. Meeerdissima.

Dato che sono in chiesa penso istintivamente «Gesú, aiutami tu», e cosí mi viene un'idea.

Appena Testa Rasata si stringe uno dei bastoncini sotto l'ascella e fa un altro passetto in avanti, a gambe larghe e labbra strette a culo di gallina, io scatto, afferro a due mani il crocifisso che sta accanto all'altare e gli tiro una sciabolata su un orecchio. Testa Rasata rimane un attimo rintronato e allora io faccio roteare il crocifisso e glielo pianto in mezzo alle gambe e poi altra rotazione e ***BAM!*** una mazzata sulla testa. Crolla davanti ai banchi, come una pera cotta.

Mi giro verso Spazzola, che è rimasto interdetto, con le braccia larghe e il coltello in mano e con un urlo disumano da samurai/banzai mi ci lancio contro col crocifisso puntato come una lancia, pronto a infilzarlo. Ma non ho fatto i conti con un particolare.

Il crocifisso è anche lui illuminato da un neon sottile, collegato a una presa murata sotto l'altare da un cavo che non avevo visto. Appena il cavo si tende, la mia lancia si blocca di colpo, sfuggendomi dalle mani e io continuo a correre verso Spazzola con le braccia in posizione come un cavaliere medioevale a un torneo, ma completamente disarmato.

Quando gli arrivo addosso non posso fare a meno di abbracciarlo per evitare che mi sbudelli, poi mi viene in mente l'ultima rissa che ho visto e faccio come il nostro batterista skin con un tipetto che l'aveva preso per la maglia: mi chino in avanti di scatto e gli sparo in faccia una testata.

Spazzola urla, si porta le mani sul naso e cade all'indietro, mollando il coltello, che si infila sotto un banco. Io cerco di prenderlo ma una botta sul legno dell'inginocchiatoio mi fa saltare di lato come una molla. Testa Rasata si è ripreso e fa sibilare il nunciaku tagliando l'aria attorno a me, inkazzatissimo. Spazzola scivola sul pavimento a quattro zampe, recupera il coltello e si alza, la bocca coperta di sangue che gli brilla viola sui denti, anche lui piú che mai inkazzato. Merda, penso, questa è la fine.

Ma succede qualcosa.

Un'ombra scura vola lungo la navata saltando di banco in banco e con un salto piomba in mezzo ai due killer. Si muove velocissima. Si piega di lato facendo perno su una gamba e spara un calcio nella pancia a Testa Rasata che soffia fuori tutta l'aria che ha nei polmoni con un sibilo cosí acuto, – **fiiiiiiiiiiiiiiiiiii**, – che alla fine devono sentirlo soltanto i cani.

Poi l'ombra rotea sulla punta di un piede e col tallone dell'altro colpisce Spazzola al mento, cambia piede con un salto, piega il ginocchio alzandosi in elevazione, stende la gamba & gli spara una fucilata dritta nella faccia. Spazzola vola all'indietro e finisce dentro un confessionale, mentre Testa Rasata, piegato in due, annaspa come se cercasse aria con le mani.

Io, sarà perché ho la febbre, sarà perché siamo in chiesa, mi ero fatto l'idea che l'ombra misteriosa fosse il mio Angelo Custode venuto per salvarmi.

Mi sorprendo, quando un bagliore al neon illumina la navata e vedo che il mio angelo è Sui.

– Andiamo, – dice afferrandomi per la manica del parka. – Non posso farcela da sola... quando si riprendono ci ammazzeranno!

Parla benissimo l'italiano, Sui. Ma non c'è tempo di chiederle dove l'ha imparato, perché mi tira per il braccio, verso la porta.

– Aspetta! – le dico, divincolandomi. Corro verso l'altare e mi chino, sollevando il drappo mentre la luce viola illumina a giorno sotto la lastra di marmo.

Niente.

Il mio cinesino non c'è piú.

A Soochow, nella baracca in cui abitavano, toccava a Hô prendersi cura del nonno. Lo faceva volentieri, perché nonno Yu era un vecchio cieco, con solo qualche filo bianco al posto dei capelli e cosí magro da sembrare un ragno... ma parlava e diceva sempre cose da imparare. Seduto su uno sgabello, con le spalle scheletriche appoggiate al muro, la casacca blu che gli cadeva addosso come un mantello e il berrettino tirato indietro sulla nuca, nonno Yu masticava un bacchettino di bambú e parlava. Certe volte Hô non riusciva a capirlo, perché parlava di cose antiche, che si perdevano nella notte dei tempi, come i giapponesi, la Grande Marcia e Mao Tze Tung... allora Hô fingeva di ascoltarlo e lo guardava mangiare il riso, sperando che il nonno non lo finisse tutto.

Altre volte, invece, il nonno diceva cose che anche lui riusciva a capire.

Una volta aveva detto: i nemici dei tuoi nemici siano sempre tuoi amici.

Hô annuí, ricordando le parole del nonno, poi si fregò assieme le mani, le asciugò meglio sulla stoffa dei calzoncini, afferrò il primo ramo dell'albero e cominciò a salire.

38° e otto

Ho portato Sui a casa mia. Seduta dietro al sedile, stretta alla mia schiena, una Ragazza da Sogno su una Moto da Sogno, per un momento mi sono dimenticato di essere un poliziotto con la febbre, inseguito dai killer della mafia cinese, che scappa su una moto rubata con dietro la sorella minore di Bruce Lee.

Fino a casa, Sui non ha detto una parola, sempre enigmatica e sensuale. E neanch'io. In casa, troviamo Angelica ancora alzata, davanti alla televisione, impegnata in uno zapping selvaggio.

– Dove sei andato? – mi chiede, – dovevi stare qui a badarmi –. Poi vede Sui e per un momento il suo ditino si blocca. – E questa chi è? Ti approfitti che non c'è la mamma per portarti le donne a casa. È la tua fidanzata? Finalmente. È carina...

– Lascia perdere. È tardi... non dovresti essere già a letto?

– Sei pazzo... tra un po' inizia Dracula.

Va be', chi se ne frega. Ho altri problemi che

fare da baby sitter a mia sorella. Faccio cenno a Sui con la testa e percorro il corridoio fino alla porta di camera mia.

– Scusa il disordine, – dico, istintivamente, anche se di disordine, in effetti, non ce n'è. Da quando sto fuori casa quasi tutto il giorno la mia camera riceve le incursioni di mia madre che rimette tutto a posto: infila i dischi & i CD nella libreria, raddrizza i poster dei Jam e dei Madness, mette in fila i sottobicchieri da birra di tutti i pub di Carnaby Street di quando sono andato a Londra con l'Inter-rail, imbosca i vestiti nell'armadio.

Anche la sedia davanti alla scrivania è sgombra e su quella si piazza Sui, mentre io mi stendo di traverso al letto senza neanche togliermi il parka, la schiena appoggiata al muro. La febbre mi ha seccato la gola e mi gratta sulle costole come dita di fuoco su un'arpa di ghiaccio. Dita di fuoco su un'arpa... come mi sarà venuta questa immagine? Ah sí, la febbre...

– Stai male? – mi chiede Sui. – Sei cosí pallido.

– No, no... non importa. Chi sei tu?

Sui si stringe nelle spalle. Si abbassa le bretelle della salopette e tenendosi la pettorina con un braccio arrotola la maglietta nera con un rapido gesto della mano, sfilandosela da sopra la testa.

– Che fai? – chiedo, un po' roco.

– Mi tolgo questa. Qui fa un caldo... ohé, non

farti venire idee strane –. Solleva le bretelle sulle spalle nude e poi si slega i capelli, scuotendo la testa per sciogliersi attorno al collo. È bellissima, Sui. Mi vengono idee strane. DECISAMENTE.

Angelica si affaccia alla porta che ho dimenticato aperta. Lancia un'occhiata a Sui, che con gli occhi chiusi inarca la schiena massaggiandosi i muscoli del collo.

– Passavo di qui per andare in bagno e ho pensato di farvi una visitina, – dice, indifferente. – Tra un po' comincia Dracula ma non credo che vi interessi. Be', vi saluto, ragazzi... fate i bravi –. Poi mette le mani a cono attorno alla bocca, puntata verso di me. – E valle piú vicino, scemo, – sussurra, prima di sparire.

Io mi alzo, chiudo la porta e torno sul letto. Mi sento esausto. Faccio fatica a sollevare la chiappa destra e a tirare fuori di tasca il portafogli con la finestrella per il tesserino. Lo apro e lo getto sul pavimento, davanti a Sui.

– Carte in tavola, bella, – le dico, – io mi chiamo Vittorio, ho vent'anni, sono di Bologna e faccio il poliziotto alla Squadra Mobile. Ho il diritto e il dovere istituzionale di accertare la tua identità. In parole povere, chi cazzo sei?

Sui guarda il mio tesserino. Lo sposta sul pavimento con la punta di una scarpa, una di quelle scarpe nere e leggerissime che porta lei, con i buchi sul dorso come i sandali dei bambini di una volta. Poi solleva anche lei la chiappa destra, e sfila un portafogli sottile dalla tasca della salopette. Lo getta sul letto, accanto a me, aperto.

– Mi chiamo Sui Li, ho ventidue anni, sono di Wenchow e faccio il poliziotto all'Ufficio Emigrazione di Shanghai. Anche se adesso sto a Roma, all'Ambasciata Cinese in Italia.

Stacco la testa dal muro e forzando sul collo do un'occhiata al suo portafogli. È simile al mio, con una finestrella da cui si vede una fotografia di Sui in divisa da poliziotto, con berretto a visiera con la stella rossa, alamari sul bavero e bottoni dorati. Ma guarda un po'... un collega. E all'Ambasciata. Ecco perché parla cosí bene l'italiano, con appena un po' di accento che le arrota le *elle* e le illiquidisce (si dice illiquidisce? boh) le *erre*.

– Mi hai seguito da quando sono venuto al ristorante del Drago Rosso? – chiedo.

– Tutti ti hanno seguito, anche i due che volevano ucciderti. La voce che c'era un poliziotto che se ne andava in giro a fare domande si è sparsa subito per tutta la comunità cinese.

– Sei tu che hai sparato sul furgone?

– Sí, ma non dirlo in giro perché non ho il permesso di portare una pistola.

– E sei tu che mi hai dato un calcio in testa?

– Sí. Non sapevo chi eri e cosa c'entravi in questa storia. Volevo vedere i tuoi documenti.

Si china in avanti e mi tocca la fronte con un dito, vicino al cerotto. Mormora – Perdonami, – stringendosi nelle spalle. La salopette si piega e le intravedo la curva del seno sotto la stoffa di jeans. La perdono.

Le nocche di Angelica bussano leggere alla porta. Apre senza aspettare un permesso che non le avrei dato e mette dentro la testa. Ci guarda, tutti e due, perplessa.

– Volevo solo prendere un libro che sta qui... il film l'ho già visto e sto per andare a dormire. Scusate...

Entra e sale sul letto per sfilare un libro dalla mensola che ho sopra la testa. Nello scendere mi si appoggia a una spalla e mi fa scivolare qualcosa nella tasca del parka.

– Va bene... allora io vado a letto, – dice, – non vi disturbo piú, state tranquilli.

Esce e io mi metto una mano in tasca per vedere cosa ci ha infilato. Lo tiro fuori e passa un secondo prima che capisca che è un preservativo e lo rimetta subito dentro. Angelica! Ma dove l'avrà trovato? A scuola?

Da come sorride, mi accorgo che Sui ha visto cosa avevo in mano e divento rosso fuoco. Lei sorride ancora, enigmatica e sensualissima. Dio, com'è bella. Mi tornano le idee strane. DECISAMENTE.

– Cosa c'entri tu in questa faccenda? – le chiedo.

Lei si alza e si avvicina alla libreria. Fa scorrere il dito sulle costole dei dischi, fermandosi su quelle a scacchi bianchi e neri dello ska.

– Noi cinesi abbiamo un gran senso della famiglia, – sussurra. – Sono la cugina di un cognato di un fratello di un nipote dello zio di Hô.

– Hô? E chi è?

– Il bambino che stai cercando. Non so come, ma è riuscito a telefonarmi all'Ambasciata e a dirmi che era in pericolo, qui a Bologna.

– E.T. telefono casa, – mormoro.

– Come?

– Niente, una cosa mia.

Diavolo di un'Angelica. Ci aveva preso davvero, come per la storia della stazione. Sui si avvicina e si siede sul letto accanto a me. Mi mette una mano sulla fronte. Dio, com'è fresca la sua mano. Le idee si fanno sempre piú strane. DECISAMENTE.

– Ma tu scotti. Hai la febbre.

– Lo so. Dimmi perché questo Hô non si è rivolto alla polizia.

– Si vede che non sei un clandestino e tantomeno un cinese. La polizia italiana è l'ultima cosa a cui potrebbe rivolgersi un bambino di otto anni. La Triade gli racconta cose spaventose della polizia italiana.

– I due ninja che volevano uccidermi sono della Triade?

– Bravo. La Triade locale che si occupa di fornire piccoli schiavi per le industrie clandestine controllate dalla mafia. Ce ne sono a Rimini, a Firenze e a Bologna. Hô era uno di quelli, probabilmente, e deve essere riuscito a scappare.

– E noi come facciamo a trovarlo?

– Non lo so.

La sua mano mi scivola sotto al colletto, a premermi su una vena del collo.

– Hai la febbre alta... togliti questo e mettiti a letto.

Mi fa scendere il parka sulle spalle e io cerco di divincolarmi, imbarazzatissimo. Resto legato con le mani dietro alla schiena mentre Sui perde l'equilibrio e mi si appoggia addosso. Sento il suo calore che si fonde col mio e sento il suo odore dolce, che sa di vaniglia. Abbiamo i volti vicinissimi, le labbra quasi le une sulle altre. Sui sorride, sensualissima. Angelica, naturalmente, bussa alla porta.

– Senti, – ringhio, – hai finito di rompere? Hai detto che andavi a letto e allora vacci immediatamente!

– Magari potessi, – dice Angelica, la fronte corrugata in una smorfia perplessa che non mi piace neanche un po'. – Il fatto è che è già occupato. C'è un cinese nel mio lettino.

Sui è la prima a uscire dalla stanza, seguita da Angelica. Io sono l'ultimo perché faccio fatica a liberarmi del parka, ma quando mi affaccio alla camera di Angelica lo vedo subito anch'io.

Steso di traverso sul lettino, un piede col sandalo fuori dal bordo e le braccia incrociate sul volto a coprirsi gli occhi. Le labbra socchiuse in un russare sottile & esausto.

Un bambino cinese di otto anni. Hô.

Parlano sveltissimi e fitto fitto. Prima hanno pianto tutti e due, Sui e il ragazzino, abbracciandosi stretti. Poi hanno cominciato a parlare e giuro, non ho capito la differenza tra un momento e l'altro.

Il cinese è una lingua piena di *acca* e di sospiri e ogni tanto qualcosa che sembra un rutto. Niente a che vedere col *cinciunciú* delle barzellette e dei film di Franco e Ciccio.

Angelica è rimasta a guardarli per un po', tutti e due seduti sul letto, ha guardato me che li guardavo con le lacrime agli occhi e poi ha battuto insieme le mani.

– Va be', – ha detto, – basta con i sentimentalismi. Facciamogli un panino a questo ragazzo che deve averci una fame...

Torna con un panino al prosciutto che Hô ingoia quasi per intero, con gli occhi fuori dalla testa, mentre Angelica gli tiene sotto un piattino perché non gli sbricioli sul letto.

Quando ha finito, Hô sorride ad Angelica e le dice – 魏碑行 书隶? – e Angelica risponde – Okay... ma non ti ci abituare.

La guardo stupito sparire in cucina e ritornare con un altro panino al prosciutto che Hô divora prima con gli occhi e poi con i denti.

– Be'? – le chiedo, – da quando in qua capisci il cinese?

Lei mi lancia un'occhiata di sufficienza.

– Intuito infantile, bello... mettiti nei suoi panni. Se tu fossi un cinesino affamato ti basterebbe UN SOLO panino?

– È vero, – convengo, – era elementare. E adesso cosa vuole?

Hô ha detto – 魏碑行 – con aria vagamente perplessa e Angelica gli ha preso la mano per farlo scendere dal letto.

– Vuole andare in bagno, – dice.

– Oh, certo... naturale.

Mentre guardo Angelica che sparisce col cinesino, Sui mi mette una mano sul braccio e mi chiede – Che facciamo?

– Andiamo subito alla polizia.

– Sí, però...

– Però cosa?

– Però voglio garanzie per il bambino. E per me.

– Ho un amico all'Ufficio Stranieri. E parlerò con il commissario. Tranquilla.

Sui mi fissa negli occhi. L'angolo obliquo delle sue palpebre si stringe ancora e non capisco a cosa stia pensando. Intanto Angelica torna seguita da Hô, che le ha appena chiesto qualcosa in cinese strettissimo, giusto un ruttino seguito da un paio di *acca*.

– Sí, anch'io li preferisco, – risponde lei, – ma soltanto di venerdí e se ho già mangiato, – poi a me, stringendosi nelle spalle, sufficiente, – cose da bambini... non puoi capire.

Sui non ha smesso di guardarmi. Alla fine annuisce, decisa.

– Mi fido, – dice. – Prendiamo Hô e andiamo in Questura.

Poi si muove velocissima, si piega in avanti e mi dà un rapidissimo bacio sulle labbra che mi fa salire la febbre a DUECENTO.

Quando era molto piccola, prima ancora di andare a scuola, Angelica era una bambina seria e silenziosa che sembrava avere un'unica grande passione: i film di vampiri. Li aveva visti tutti, compreso il «Bram Stoker's Dracula» di Coppola che si era fatta portare pirata da San Marino prima che uscisse nelle sale.

A un certo punto, era sembrato che si fosse convinta di essere un vampiro, perché lo diceva sempre, scivolava addosso a tutti i membri della famiglia dal cuscino del divano per prenderli a morsi sul collo e assicurava di essere in grado di dare la vita eterna. Quando venne a sapere che mordeva i bambini dell'asilo per trasformarli in vampiri, suo padre si preoccupò e andò in camera sua. La trovò impegnata a scorrere col winder «Per favore non mordermi sul collo» di Roman Polansky, versione originale.

– È vero che mordi i bambini per trasformarli in vampiri? – le chiese. – Non mi dirai che credi sul serio a certe cose?

Lei lo guardò obliqua, con quell'aria di sufficienza che faceva imbestialire tutti.

– Primo: non li mordo sul serio. Con i tempi che corrono non ti puoi fidare neanche di un bambino di cinque anni. Secondo: certo che NON *ci credo. Sono loro a crederci. A me basta che paghino.*

Aprí il cassetto del comodino e mostrò un tesoro di merci di scambio che avrebbe fatto impazzire una tribú di indiani. Qualche mese dopo, infatti, smise di collezionare film di vampiri e si fece aprire un conto corrente.

Angelica aveva solo due passioni irrefrenabili: una piccola e una grande.

Quella piccola erano i videogame, uno in particolare, un pomodoro che doveva attraversare una strada e finiva sempre schiacciato da una macchina. Aveva una pessima grafica ed era sempre uguale, un ponfo rosso che rotolava in strada e faceva PLOF*! quando veniva schiacciato. Cosa ci trovasse Angelica rimase incomprensibile a tutti per un pezzo, anche perché ci si impegnava tanto e con tanta concentrazione che sembrava davvero si stesse allenando. Poi, all'improvviso fu chiaro. Dalla finestra di sopra, sua madre la vide lanciare in strada Reddie, un soriano rosso che pesava almeno cinque chili e che viveva in portineria. Lo salvò un vigile, che per riprenderlo finí sotto una 131 e si ruppe una gamba.*

La passione grande, invece, era Marc Owen.

Angelica pianse quando lui lasciò i Take That, di cui aveva un poster gigante appeso sopra il letto. Poi tagliò la striscia che raffigurava Marc Owen, vendette quella con gli altri tre a una sua amica delle elementari e passò il resto della giornata a studiare «Il Sole 24 Ore» per decidere come investire il ricavato.

– Viaggia a un altro livello, – diceva sempre sua madre. – Tra un po' smetterà di parlarci.

38° e nove

Prima di andare in Questura ho telefonato a Todeschini e l'ho tirato giú dal letto perché venisse in ufficio anche se è quasi mezzanotte. Todeschini ha bestemmiato un po' ma quando gli ho parlato di colpo grosso & probabile promozione si è fatto convincere, anche se ha minacciato di farmi un culo come una capanna casomai fosse un bidone.

Prima di andare in Questura abbiamo concordato una versione plausibile, io e Sui. Lei non è mai stata presente alla sparatoria del pomeriggio. Mai stata nel ristorante del Drago Rosso. Dopo che ho trovato Hô, lui mi ha fatto capire che voleva telefonare e l'ha chiamata. Fa un po' acqua ma per il momento regge.

Prima di andare in Questura ho detto ad Angelica di mettersi subito a letto. Lei ha accettato solo dopo che ho sganciato un deca per danni morali e materiali.

I danni morali: tutto lo stress e le ore di sonno perse.

Quelli materiali: le briciole di Hô nel letto.

Ma appena arrivo in Questura c'è una sorpresa. Il piantone all'ingresso si sporge oltre la scrivania, lanciando un'occhiata sotto la salopette di Sui che tiene Hô in braccio e mi porge il telefono. Io lo guardo malissimo, prendo la cornetta e ascolto.

Sui, intanto, consegna un documento, prende un cartellino numerato 12 e se lo appunta alla pettorina, mentre il piantone continua a guardarle nella scollatura.

Io non lo guardo piú male.

Perché: ascolto.

Quando riaggancio, devo essere ancora piú pallido del solito perché Sui mi guarda preoccupata e mi chiede – Cosa c'è?

Le strappo il numero dalla salopette e mi riprendo il documento che il piantone ha ancora in mano, poi afferro Sui per una bretella e trascino fuori lei e Hô, correndo verso la Lambretta.

Al telefono era Angelica. Diceva che al momento stava bene ma che i due cinesi che la stavano portando via avevano un'aria poco rassicurante.

Diceva di andare a casa e aspettare una chiamata senza avvertire la polizia.

Diceva che in caso contrario le tagliavano la gola e dopo erano cavoli miei spiegarlo alla mamma.

A casa trovo la porta sfondata e l'appartamento vuoto. Sembra un sogno, anzi, un incubo, perché la febbre mi fa luccicare tutto e mi sfoca i bordi della visuale, come in un film.

Il corridoio vuoto mi sembra inclinato verso destra, il salotto vuoto con la tivú accesa mi sembra ovale come in una foto scattata col grandangolo e la camera vuota di Angelica mi sembra che balli, inquadrata da una camera a mano.

Mi lascio cadere sul divano, disperato e ho una gran voglia di piangere. Non lo faccio solo perché dagli occhi arrossati dalla febbre non uscirebbe niente.

– Lo sai cosa vogliono, vero? – dice Sui, mettendo Hô su una poltrona. Sorride ancora, il cinesino, perché durante il viaggio di andata e quello di ritorno dalla Questura è stato in piedi sulla scocca della Lambretta, tra me e il manubrio e si è divertito a prendersi in faccia tutto il vento della notte, please.

– Lo so, – dico. – Ho visto abbastanza film per saperlo. Ci faranno cuocere un po' e poi chiameranno per dirci che vogliono fare uno scambio. Angelica contro Hô, in un luogo che sanno loro, quando vogliono loro e senza nessuno attorno.

Sui sospira. Incrocia le braccia sul petto. La salopette le scende un po' sulle spalle nude ma io non la guardo neppure. I miei pensieri sono tutti per Angelica.

– E lo sai cosa succederà dopo? – chiede ancora.

– Sí. Nei film non accade ma io sono abbastanza poliziotto da saperlo. Ci ammazzeranno tutti.

Ecco che mi viene da piangere. Una lacrima sola, che evapora subito sulla mia guancia bollente, ma basta per farmi sentire stupido, ridicolo e indifeso. Bel poliziotto, davvero.

Sui parla con Hô, in fretta e sempre fitto fitto. Hô scuote la testa.

– Inutile, – dice Sui. – Non si ricorda il luogo da cui è scappato. Soochow non è Bologna. E se chiamiamo i tuoi colleghi è peggio, perché prima che riusciamo a spiegare cos'è successo passa mezza nottata e poi sono costretti a intervenire e sarà una strage. Che si fa?

Non lo so. Non lo so proprio.

All'improvviso mi viene la smania di muovermi, anche se ho le ossa rotte dalla febbre, cosí mi alzo e cammino per la stanza. Hô mi guarda e sorride, tranquillo. Io non so che kazzo fare.

Mi avvicino al tavolo dove il quaderno di Angelica è ancora aperto, con la matita sopra, di traverso. Dal bordo della copertina spunta l'angolo di una fotografia, che tiro fuori facendola scorrere con il dito. Marc Owen, in jeans stracciati e giacca senza niente sotto, il volto offuscato dall'alone di un bacio.

Mi viene ancora da piangere e per trattenermi mi concentro sui compiti che Angelica stava facendo. Aritmetica. Moltiplicazioni con due cifre.

23x12=276
431x86=37066
1234789654x11=13582686194

A penna rossa e a penna blu. Poi, piú sotto, qualche riga a matita, con la sua calligrafia ordinata, da quinta elementare.

Prima idea: Cinciué si sente solo e vuole telefonare a casa come E.T.

Seconda idea: Cinciué cerca di tornare in Cina e siccome Bologna non ha il porto va alla stazione.

Sui, da dietro, mi mette una mano sulla spalla. Mi stringe, poi mi appoggia la fronte sul collo. Mormora – Dio, come scotti, – ma io non l'ascolto.

Terza idea...

Mi giro e l'abbraccio, perché ho bisogno di stringere qualcuno. Donna di Sogno, Lambretta di Sogno. Peccato che il resto non funzioni un granché, con mia sorella nelle mani della Triade.

Sui mi infila le dita tra i capelli, sulla nuca, e mi piega il volto sulla sua spalla. Sento le sue labbra che mi sfiorano l'orecchio, il suo respiro caldo sulla guancia. Sussurra: – Ci vorrebbe un'idea... soltanto un'idea...

Terza idea: se la Lambretta rubata è cosí bella...

Sollevo la testa cosí di scatto che Sui mi infila il naso nell'orecchio. Si stacca da me con un gemito, la mano a cono sul viso, ma io sono troppo concentrato sul quaderno di Angelica. Lo prendo e lo avvicino agli occhi, come se volessi entrarci dentro.

Terza idea: se la Lambretta rubata è cosí bella...

Kazzo... perché non ci ho pensato anch'io?

Diavolo di un'Angelica... quella bambina è un genio. Mollo a Sui il quaderno, indicandogli col dito la riga da leggere. Lei alza gli occhi su di me, strettissimi, quasi due fessure oblique.

– Ce l'hai una pistola? – mi chiede.

– Sí... nel mio armadietto, in Questura.

– Non c'è tempo. Ce l'ho io. Andiamo.

Anche Sui, da bambina, era intelligente e ambiziosa come Angelica.

Era cosí in gamba che quando aveva dieci anni e viveva a Wenchow lo Stato aveva deciso di mandarla all'università e di farle studiare ingegneria, perché in Cina è lo Stato che decide quali scuole puoi fare e quali no. Sui avrebbe preferito medicina e fu probabilmente per questo che a sedici anni decise di partire per raggiungere il fratello che lavorava a Hong Kong, che è sempre in Cina ma è uno stato diverso.

A Hong Kong Sui si accorse che non voleva fare neppure medicina, perché la cosa in cui riusciva meglio era imparare le lingue e in particolare l'italiano, che le piaceva moltissimo. Il suo sogno diventò quello di lavorare in qualche associazione culturale Italia-Cina o magari restare con suo fratello, che aveva una ditta di import-export e che avrebbe potuto estendere i propri affari anche all'Italia.

Il fratello di Sui, però, aveva un socio.

Lu Yang.

Un tipo elegante, che all'inizio le piaceva molto perché vestiva all'italiana ed era molto gentile... anche troppo, dal momento che Sui, che aveva già diciannove anni, cominciava a essere proprio una gran bella ragazza.

Ma il problema non era quello, non erano le attenzioni sempre piú pressanti di Lu Yang, che insisteva per invitarla a cena, per portarla fuori col suo motoscafo o farsi accompagnare nei suoi giri d'af-

fari in Europa... il problema erano gli amici di Lu Yang. Cioè la Triade di Hong Kong.

Il fratello di Sui se ne accorse il giorno che volle controllare il carico di una nave in partenza per la Francia e che non lo convinceva fino in fondo. Trovò nella stiva quarantacinque clandestini, mezzi morti per il caldo umido e il puzzo di nafta, li fece sbarcare e chiamò la polizia.

Sui, che era andata a trovarlo in ufficio, non dimenticò mai quel giorno in cui vide tutti quegli uomini stracciati e disperati che scendevano dalla nave. Ma soprattutto, non dimenticò mai il giorno dopo, quando vide suo fratello ripescato dai sommozzatori della polizia nel porto di Hong Kong.

Fu allora che decise che non avrebbe fatto né l'ingegnere, né il medico, né la traduttrice di italiano, ma il poliziotto. E siccome Lu Yang, invece di finire in galera per l'omicidio del fratello, era riuscito a comprare magistrati e testimoni ed era diventato l'unico titolare della ditta, decise che a Hong Kong non avrebbe potuto fare piú niente e se ne tornò in Cina.

Forse anche lí erano altrettanto corrotti, ma almeno non lo sapeva con certezza e poteva sperare.

Fu cosí che in pochi anni imparò a sparare, a tirare di kung fu, a decifrare impronte digitali, passaporti contraffatti e documenti di imbarco e si ritrovò a Bologna, sul retro del sedile di una Lambretta, abbracciata a un poliziotto italiano che ardeva di febbre, seguendo la terza idea di una bambina di dieci anni e mezzo di nome Angelica.

39°

Terza idea: se la Lambretta rubata è cosí bella come mai il padrone non l'ha denunciata subito? Non è che c'entra qualcosa anche lui?

Un minuto per chiamare la Centrale Operativa e chiedere un controllo sulla targa della Lambretta.

Cinque minuti perché l'operatore si colleghi al computer della Motorizzazione e un altro perché mi detti la risposta.

Niente per volare giú dalle scale del mio palazzo fino alla moto parcheggiata in strada e altri cinque minuti per lasciare Hô al Drago Rosso.

Ne perdiamo una decina perché Sui si convinca che nessuno nelle cucine è disposto a seguirci, dato che sí lei l'hanno coperta, Hô va bene, se lo tengono, ma affrontare la Triade no, mi dispiace.

Ancora un minuto perché lei si tolga lo sfizio di rovesciare per terra una padella di Manzo ai Cinque Colori e siamo di nuovo in strada, sulla Lambretta.

→ Via Sant'Isaia ↔ contromano su ↗ fino a Porta Saragozza, a tutta velocità nella corsia degli autobus e dentro ↘↗ in derapata nel vicolo che mi ha dettato l'agente di servizio alla Centrale.

Quando ci fermiamo, qualche numero piú in su e dietro l'angolo, per sicurezza, sono una fiamma di ghiaccio che arde, l'aria mi frizzzzza attorno come se stesse friggendo e migliaaaia di pesciolini mi succhiano la pelle con le loro minuscole boccucce rosse. Devo avere la febbre a centomila. Potrei friggere un uovo scocciandomelo direttamente sul petto.

Il portico è lungo e buio. Il numero del padrone della Lambretta è il cinque e il cinque è una porticina stretta e scrostata, di legno verde. Accanto, c'è una finestra stretta, da cantina, chiusa da una lastra di metallo. Ci avviciniamo cauti e Sui tira fuori un coltellino che infila nella serratura. Passa una pattuglia dei carabinieri e come nei film lei mi abbraccia fingendo di baciarmi. Io la bacio per davvero perché va be', tanto ho la febbre & chi se ne frega. Il bello è che lei ci sta.

Dietro la porta c'è un corridoio stretto che puzza come se ci avessero pisciato e in fondo al corridoio c'è un cortile quadrato col pavimento di ghiaia. Attorno al cortile le facciate di un vecchio palazzo dalle finestre chiuse, che si intravedono appena ai piani superiori, perché la luna è lontana, si riflette solo in alto e giú è un buio quasi totale.

È solo perché sta fumando, infatti, che ci accorgiamo dell'uomo seduto sui gradini di una porta che biancheggiano davanti a noi, dall'altra parte del cortile, e ce ne accorgiamo proprio in tempo, perché io ho appena appoggiato la punta dell'anfibio sulla ghiaia, con uno scricchiolio subito interrotto. Sui si schiaccia un dito sul naso, mentre io ritiro la gamba e assieme ci nascondiamo nel corridoio.

Lei si sfila la pistola da dietro alla salopette e me la passa, tenendola per la canna. Poi si appoggia col sedere al muro e si toglie le scarpe, passandomi anche quelle. Esce dal corridoio scivolando silenziosa dietro l'angolo, con uno scricchiolio di ghiaia sotto i piedi nudi cosí sottile che appena si allontana non lo sento piú.

Io resto col fiato sospeso, fissando la sagoma nera dell'uomo sui gradini, il cui volto si illumina di rosso a ogni tirata di sigaretta.

Rosso, tranquillo e seduto.

Rosso, tranquillo e seduto.

Rosso, tranquillo e seduto.

Rosso, perplesso e seduto.

Rosso, sospettoso e in piedi.

Deve averla sentita avvicinarsi. Che faccio? Gli sparo? No, gli tiro una scarpa.

Lancio la scarpa sinistra di Sui nel cortile, dalla parte opposta di dove l'ho vista sparire. L'uomo si gira in quella direzione, lo capisco dal movimento della sagoma nera, ringhia qualcosa tipo *chi va là* in cinese, che subito si trasforma in un singhiozzo. La brace sulla punta della sigaretta brilla piú forte, illuminando per un momento il volto dell'uomo dagli occhi sbarrati e il braccio di Sui che gli stringe il collo, poi la sigaretta cade a terra e tutto torna buio.

Io mi avvicino, cauto, la pistola puntata e la scarpa destra di Sui in mano. L'uomo è a terra, immobile e lei gli sta legando le mani dietro alla schiena con una cintura. Le porgo la scarpa.

– L'altra l'ho usata, – dico, – ma credo che con questo buio non la trovi piú.

Lei si stringe nelle spalle e la prende lo stesso. Mi fa cenno di seguirla su per i gradini ed entriamo in un altro corridoio, piú lungo ma altrettanto buio, su cui si aprono tre porte.

Una, a sinistra, è quella di una cantina, lo sentiamo dall'odore umido di aria fredda che ci investe appena ci passiamo davanti. Ci sono scale in discesa che spariscono in un buco buio come un tunnel, con appena una striscia di luce che traspare in fondo, come se filtrasse da sotto una porta. Stiamo per scendere quando una delle porte lungo il corridoio si apre, scatta il pulsante di relais e tutto si illumina a giorno.

Chi ha acceso la luce è Testa Rasata, che si blocca sorpreso con ancora la mano sul pulsante e ci fissa, Sui ancora sulla soglia della cantina e io con la pistola in mano che ho appena alzato su di lui. Stessa domanda: che faccio, gli sparo? E se il palazzo è pieno di Triadi col coltello tra i denti che ci saltano addosso e ci fanno a pezzi?

Un sibilo velocissimo mi passa accanto a un orecchio. È la scarpa destra di Sui che rimbalza sulla bocca di Testa Rasata. Un attimo dopo gli siamo addosso tutti e due, lei che gli ha bloccato un braccio tra i suoi e gli sta stringendo le gambe attorno ai fianchi e io che gli tiro una mazzata sulla testa col calcio della pistola. Io mi esalto come una bestia – e chi siamo, Rambo I e II? – ma poi succede il guaio.

Testa Rasata, prima di perdere i sensi, stende una gamba & mi spara un calcio nelle palle, che oltre a farmi un male caino mi fa contrarre la mano bruscamente & cosí tiro un colpo di pistola contro al soffitto.

Un colpo di calibro 9 in un corridoio è qualcosa di bestiale, che non si può immaginare. È un rumore assordante che ti fa perdere il controllo dei muscoli e infatti io comincio ad agitare le gambe + le braccia come un matto.

Ho le orecchie completamente tappate da un fischio acutissimo e non riesco a sentire quello che Sui mi sta dicendo mentre indica alle mie spalle. Poi vedo lo sbuffo di intonaco sul muro, accanto alla mia testa e capisco subito.

Mi chino d'istinto, piegando il braccio armato verso Spazzola, che spunta dall'angolo della porta della cantina, pronto a spararmi ancora ma sparo prima io.

Altro botto infernale nel corridoio. Spazzola cade all'indietro e quando mi affaccio alla cantina ha appena finito di rotolare in fondo alle scale. Scendo di corsa, mentre un pensiero mi attraversa la testa:

KAZZO! HO SPARATO A UN UOMO!

ma quando arrivo giú, devo dire la verità, avergli sparato mi fa quasi piacere.

La stanza in fondo alle scale è stretta & lunga, illuminata da un neon bianco & abbagliante.

Lungo il muro umido, quindici sgabelli e quindici banchi neri, tutti uguali.

Ammassato in un angolo, un blocco unico di bambini in canottiera, un unico blocco a strisce bianche e blu con quindici paia di occhi obliqui sgranati su di me.

No, quattordici paia di occhi obliqui. Due sono tondi e azzurri e sbattono le palpebre un paio di volte.

– Vittorio! – sospira Angelica, – questa volta non te la cavi con un deca per i danni morali e materiali!

Un attimo dopo, un rumore indistinto alle mie spalle mi fa voltare di scatto. Sui rotola dentro la stanza come se avesse fatto tutte le scale col sedere.

Poi la porta della cantina si chiude di colpo, con un tonfo sordo.

BUM!

Una volta, in Cina, Sui era arrivata vicinissima ad arrestare Lu Yang. Aveva messo le manette a uno dei suoi uomini dopo un'indagine che per sei mesi l'aveva fatta vivere al porto di Canton, travestita da operaia di un'industria conserviera.

Per sei mesi aveva pulito seppie, calamari e gamberoni e intanto aveva tenuto d'occhio le navi che attraccavano al porto. Quando era arrivata la nave di Lu Yang pronta a caricare un gruppo di piccoli clandestini, Sui aveva fatto scattare la trappola e aveva messo dentro tutto l'equipaggio, compreso l'uomo che Lu Yang aveva mandato a controllare l'operazione.

L'uomo era disposto a parlare, ma appena entrato in carcere era stato ucciso e cosí Lu Yang non era andato in galera ma era rimasto a Hong Kong, libero e tranquillo.

– È inutile, – le aveva detto il suo capitano mettendole un braccio sulle spalle mentre piangeva di rabbia affacciata alla finestra del suo ufficio. – Non possiamo vincere. Loro sono troppo potenti.

– Non è vero, – aveva detto lei, tra le lacrime. – Non è vero. Non ci credo.

E cosí, per combattere tutti i Lu Yang del mondo, dovunque fossero, era partita per l'Italia, dove arrivavano e partivano ogni anno quasi diecimila clandestini.

– È inutile, – aveva detto il capitano. – Loro sono troppo forti.

Se ne ricordò all'improvviso quando si ritrovò a

volare giú per le scale della cantina, senza piú il contatto freddo dei gradini sotto i piedi nudi, spinta da dietro a tradimento da qualche grande o piccolo Lu Yang.

39° e mezzo. Forse di piú

La testa mi scoppia. I polmoni mi bruciano.

La vista mi si annebbia.

I brividi mi scuotono le ossa come una folata di vento contro una porta vecchia.

Ho freddo e allo stesso tempo sudo fino a bagnarmi la maglietta.

Ma ci sono guai peggiori della febbre alta. Per esempio, essere chiuso in una cantina assieme a quattordici bambini + una ragazza poliziotto con dietro alla porta tutta la Triade di Shanghai pronta a farti a pezzettini piccolissimi.

Sui si è ripresa la pistola, ha sfilato il caricatore e ha controllato quanti colpi sono rimasti. Diciotto meno i cinque sparati sul furgone = tredici. Meno quelli che ho sparato prima io, come uno stupido = undici. Togliamo quelli che ha tirato lei contro la porta quando abbiamo sentito il chiavistello che strideva per aprirsi, ne restano nove. Se ho sbagliato non è colpa della febbre, è che sono sempre stato un cane in matematica.

Comunque, ogni tanto deliro.

Steso a terra, con la testa appoggiata alle gambe di Angelica, ogni tanto dico frasi senza senso al neon che brilla bianchissimo sul soffitto. Gli altri bambini mi stanno vicino, perché fa freddo in cantina e io emano calore come una fornace.

Sui ha rovesciato un paio di banchetti in direzione della porta, a metà stanza e ci sta accucciata dietro, con la pistola puntata.

In fondo, quasi contro la porta, c'è Spazzola, steso sul pavimento con le braccia aperte come in croce e cosí, a prima vista, sembra abbastanza morto.

Io deliro, ma ogni tanto ci prendo.

Dico:

– IO LE CONOSCO QUESTE CANTINE, LI CONOSCO I PALAZZI DI QUESTA STRADA. HANNO UN'INSONORIZZAZIONE NATURALE, MEGLIO DI UNA SALA PROVE. CI VENIVAMO A SUONARE CON I KAPPUCCINO E CON QUESTI MURI COSÍ SPESSI NON C'ERA BISOGNO NEANCHE DI ATTACCARCI I CARTONI PER LE UOVA. COL CAVOLO CHE QUALCUNO SENTE GLI SPARI E CHIAMA IL 113. NEANCHE CON UN CANNONE, GUARDA...

Dico:

– DOVEVAMO LASCIARE UN MESSAGGIO A TODESCHINI. ADESSO, A PARTE CHE SARÀ INCAZZATISSIMO PER IL BIDONE CHE GLI HO TIRATO, COL CAVOLO CHE ARRIVA LA POLIZIA, COME NEI FILM. NON LO SA NESSUNO CHE SIAMO QUI.

Dico:

– SUI, SEI LA RAGAZZA PIÚ BELLA CHE ABBIA MAI VISTO... – che è la verità ma, va be', non è certo né il caso né il momento per certe cose.

Dico:

– SE ANCHE CI ARRENDIAMO, QUELLI LÀ FUORI NON POSSONO LASCIARCI ANDARE. SIAMO TUTTI TESTIMONI. DEVONO AMMAZZARCI TUTTI, PER FORZA.

È sull'ultima battuta che da dietro alla cantina mi risponde una voce in italiano, un buon italiano corretto e con una discreta pronuncia bolognese.

– Ti sbagli alla grande, sbirro.

BUM!

Sui spara una cannonata contro la porta e sentiamo un rumore di passi concitati che risalgono di corsa su per le scale. Dopo un po', altri passi cauti che tornano, in discesa.

– Posso avvicinarmi alla porta? Voglio solo parlare...

– Spara!

BUM!

Cannonata e passi concitati in fuga mentre io urlo – No! Era solo un modo di dire... intendevo *parla pure*!

Sui fa una smorfia. Dice – Spiegati meglio la prossima volta, – poi alza la pistola verso il soffitto. Altri passi cauti dietro la porta. La voce si schiarisce la gola.

– Allora... stiamo calmi e facciamo due conti. Lí dentro ci sono quattordici bambini che rappresentano una forza lavoro non indifferente. Diciamo che producano giornalmente per centomila lire a testa, il che significa un fatturato in perdita di...

– Un milione quattrocentomila al giorno, – dice Angelica, pronta.

– Esatto. Ora... qua fuori abbiamo un mitra e potremmo sparare a raffica attraverso la porta uccidendovi tutti senza neppure prenderci il disturbo di aprire. Ma per noi sarebbe una perdita notevole, in termini economici.

– Come si fa a parlare cosí di bambini! – ringhio. – Potrebbero essere figli tuoi, bastardo! Sono cinesi come te!

– Col cavolo! – ride la voce. – Io sono bolognese! La Triade ci manda gli schiavetti ma siamo noi italiani a guadagnarci sopra. Mio nonno mi raccontava che prima della guerra a Bologna c'erano già i cinesi che facevano i venditori ambulanti. Vendevano cravatte per cinque lire... *tle clavatte cinque lile*, dicevano... e di chi credi che fossero le *clavatte*, del cinese che le vendeva? No, di mio nonno...

– Mmmmm, – mormora Angelica, alle mie spalle. È un *mmmm* corrucciato, segno che anche la sua natura spregiudicata di imprenditrice selvaggia ha degli scrupoli. Fregarmi un deca è okay, sfruttare dei bambini no.

– Però senti, sbirro... – urla la voce da dietro alla porta, – piú passa il tempo e piú il rischio che veniamo scoperti aumenta e di fronte alla possibilità di finire tutti in galera la perdita economica si fa accettabile. Quindi, vi do un minuto per gettare le armi e farci entrare tranquilli.

– E noi? – dice Sui, puntando di nuovo la pistola verso la porta. – Io e il poliziotto... noi non siamo forza lavoro utile.

– Infatti... voi vi uccidiamo. La differenza sta tutta nei bambini. Se vi arrendete subito salvate la pelle ai bambini. Prendere o lasciare.

Sui si gira a guardarmi. Io sto facendo un giro nella stratosfera della febbre e mi ci vuole un po' per tornare sulla terra. Quando arrivo, la trovo ancora lí che mi guarda, con gli occhi pieni di lacrime.

È bella anche cosí, penso.

– Che si fa? – mi chiede.

Già, che si fa? Perché me lo chiede? Perché le chiedete a me le cose? Io ho la febbre... non posso fare i compiti, non posso andare a scuola. Ho la febbre... cosa volete da me? Lasciatemi dormire.

– Ci arrendiamo, – dico. Sento Angelica che muove le gambe sotto la mia testa e alzo una mano per accarezzarle una guancia, alla cieca. – Tranquilla, – sussurro, – andrà tutto bene. Ho una GRANDE IDEA.

Non è vero.

Non ho nessuna idea.

Ho i brividi.

Ho la febbre.

Neanche Sui ha un'idea. China la testa su un braccio e resta per un po' immobile, come se dormisse. Poi la rialza di scatto e lancia la pistola contro la porta.

– Okay! – grida. – Avete vinto voi! Ci arrendiamo!

Il chiavistello scorre nei ganci, cauto, piano piano. La porta si apre lentamente, centimetro dopo centimetro, intoppandosi solo quando raggiunge il corpo di Spazzola. La testa del tipo col berretto a scacchi si sporge, timorosa, guardando giú al corpo del cinese, poi si ritira. La porta ricomincia a muoversi piú decisa e a spingere, fregandosene di Spazzola.

Il primo a entrare è Testa Rasata, con un mitra in mano che fa mormorare di paura tutti i bambini. Berretto a Scacchi lo segue, con una pistola in mano. Con un calcio, fa scivolare lontano quella di Sui.

Io parto per un altro volo spaziale frizzante e bianco, mangiato vivo da un branco di pesciolini fritti venuto da un'altra galassia. Orbito nella Via Lattea e torno giú soltanto per un paio di visitine brevi. La prima in occasione di uno schiocco che mi risuona vicino, quando vedo Sui in piedi, con la testa piegata su una spalla e i capelli che le scivolano sul volto e Testa Rasata con la mano aperta, ancora vibrante per lo schiaffo che le ha appena dato in cambio della sua scarpata sulla bocca.

La seconda quando cercano di mettermi in piedi, Sui e Angelica, ma sono di altezze troppo diverse per farmi da stampelle e io continuo a scivolare per terra. Un calcio nelle costole mi riporta giú del tutto.

Via Lattea

▼

Sistema Solare

▼

TERRA

▼

EUROPA

▼

ITALIA

▼

BOLOGNA

▼

PORTA SARAGOZZA

▼

CANTINA

▼

BUM!

Mi incendio anche nell'impatto con l'atmosfera.

Poi spalanco gli occhi e mi ritrovo in questo mondo.

– Va bene, va bene... ce la faccio, – mormoro. Mi attacco a Sui e mi tiro su, strattonandole la salopette. Una bretellina le scivola sul braccio fin quasi al gomito e il seno appare e scompare sotto la pettorina azzurra. Lei mi abbraccia per coprirsi e lancia un'occhiata fulminante a Testa Rasata. Che ha parlato in cinese, ma da come ridacchia schifoso & sbavoso deve aver detto una gran porcata.

Berretto a Scacchi, intanto, mi si avvicina e mi pianta la pistola nelle costole.

– Senza rancore, sbirro. Prima che ti spari... hai qualcosa che mi appartiene e che vorrei recuperare.

– Vaffanculo. Il bambino è al sicuro e non lo troverete mai.

– Ma chi se ne frega del bambino... ne ho già quattordici, uno piú o uno meno... io dico la mia Lambretta. Dov'è?

– Vaffanculo.

– E dai, sbirro... cerca di perdere con classe.

– Vaffanculo.

– Sbirro, cosí guadagni solo una manciata di secondi e non ti servono a niente, perché tanto non ti può aiutare nessuno. Qui c'è solo un branco di bambinetti cinesi... e basta.

Testa Rasata dice qualcosa in cinese. Berretto a Scacchi si volta a guardarlo mentre l'altro si gratta perplesso la zucca pelata.

– Non ho capito... dimmelo dopo che adesso ho da fare.

Testa Pelata ripete la stessa frase, sempre in cinese. Sui si irrigidisce al mio fianco. Io sto per partire ancora per le praterie celesti, ma resisto perché voglio sapere cosa succede. Perché so che sta per succedere qualcosa.

– Non capisco... – dice Berretto a Scacchi, – cazzo stai dicendo? Cosa vuol dire che sono spariti tutti gli aghi?

È un attimo.

Un esercito di quattordici bambini inferociti scatta urlando come il tappo di una bottiglia di odio compresso in una notte di Capodanno all'Inferno.

I grossi aghi da pelletteria brillano nelle loro manine contratte mentre si lanciano tutti assieme dal fondo della cantina, strillando come mille topi impazziti.

Testa Rasata salta all'indietro, cerca di puntare il mitra ma viene travolto e lo vedo sparire sotto i bambini che alzano e abbassano gli aghi, rapidissimi, dieci, cento, un migliaio di volte.

Berretto a Scacchi è impietrito. Mormora – Cristo Santo, – poi alza il braccio armato ma Sui gli punta un piede sul petto e lo lancia indietro, contro il muro. La pistola rotola sul pavimento. Quella di Sui è troppo lontana.

I bambini smettono di urlare, smettono di colpire e alzano la testa da Testa Rasata, che ormai non si muove piú.

Gli occhi a mandorla si stringono nei loro volti insanguinati.

Stringono le manine rosse sugli aghi da pelletteria.

Guardano Berretto a Scacchi, che urla e scappa verso le scale.

Non riesce ad arrivare neppure alla porta.

sono sempre stati considerati come dei topi e dopo riagisco come dei bambini che vogliono difendersi

blessé

i due uomini sono stati feriti gravemente

– È inutile, – aveva detto il suo capitano quella volta. – Loro sono troppo forti.

«Non è vero!» pensò Sui, tra sé, ma poi lo disse anche a voce alta, – NON È VERO! *– e piú forte ancora, prima in italiano –* ***NON È VERO!*** *– e poi anche in cinese –* 姚 体 **标宋隶书!!!**

40°

spoa che passarono adoptati

Mi ricordo un'ambulanza... o meglio, mi ricordo lo strillo acuto della sirena di un'ambulanza che mi riempie le orecchie grattandomi nei timpani e io che dico – Spegnete quella sveglia e lasciatemi dormire!

Mi ricordo un gran male alle ossa, come se qualcuno mi avesse bastonato mentre dormivo, ma senza svegliarmi e mi ricordo un fuoco che mi arde nel petto come se avessi mangiato un fiammifero acceso e io che dico – E basta, Angelica, dai... ora mi alzo.

Mi ricordo una barella che ondeggia come una gondola durante una tempesta perché la portano due infermieri di corsa e io che canto – *In mezzo al maaar / ci sta il marinaaar*!

Mi ricordo Maccolini, all'asilo, che mi dice – IMBECILLE! – e io gli dico – IL TUO CULO FA LE SCINTILLE! – e lui – **CHI LO DICE LO È MILLE VOLTE PIÚ DI ME!** – e mi frega... ma non credo che sia un ricordo recente.

E mi ricordo anche delle labbra di Sui che si appoggiano sulle mie e sono cosí fresche, cosí morbide e cosí dolci, please... ma non so se questo sia un ricordo o piuttosto un sogno.

Mi ritrovo in un letto ghiacciato e liscio, con gli occhi sbarrati sulla flebo che ho accanto e una pezza bagnata sulla fronte. Ho sempre avuto il terrore delle flebo e mi sembra quasi di sentirla la sensazione fastidiosa dell'ago piantato nel braccio.

Mi torna in mente un incubo che ho sempre avuto da quando ero bambino. A cinque anni venni operato di adenoidi e siccome ero un bambino che solo per farmi un prelievo del sangue dovevano tenermi in tre e poi svenivo, in quella occasione mi fecero l'anestesia totale. Quando mi svegliai, intontito dall'anestesia, con tutte le crosticine sul bordo del naso e una gran sete, c'erano mia madre e mio padre accanto al letto, con una scatola di soldatini. Ma da allora ho sempre pensato «oddio e se fosse tutto un sogno? Se all'improvviso mi risveglio e sono ancora in quel lettino, a cinque anni, con le crosticine sul naso e tutto ancora da rifare?»

Cosí, appena mi sveglio nel letto freddo dell'ospedale, la prima cosa che faccio col braccio libero è toccarmi il naso, che è liscio, asciutto e senza crosticine.

Poi, anche se i muscoli del collo mi fanno male e me li sento duri come pezzi di legno, giro la testa verso il lettino che ho di fianco al mio. Abbracciata al cuscino, acciambellata tipo scimmietta vestita da bambina, c'è Angelica, che dorme come un sasso.

Okay, sono ancora io, Vittorio, vent'anni, poliziotto & con la febbre.

Cerco di voltare la testa dall'altra parte e vedo un'infermiera seduta su una poltrona, che si alza appena si accorge che la sto guardando.

– Come si sente? – mi chiede. – Ha la febbre molto alta e ha rischiato una polmonite, ma adesso ci pensiamo noi a fargliela abbassare.

Mi appoggia sulla guancia una mano dura e ghiacciata, proprio come fa mia madre quando vuole sentire se ho la febbre.

– Non riusciamo ad avvertire i suoi genitori, – dice, – perché abbiamo provato a fare il numero che ci ha dato sua sorella ma abbiamo svegliato per due volte la famiglia Schiumarini che ha detto cose molto, molto brutte sulla madre e sulla sorella del primario che ha telefonato.

Diavolo d'un'Angelica. Scommetto che ha fatto apposta a dargli il numero dei nonni sbagliato.

– Meglio cosí, – dico, – mia madre è molto apprensiva e oggi non riuscirei a sopportarla. Tanto domani torna a casa e potrete avvertirla.

– Bene. Senta... io avrei da fare con un'altra stanza. La posso lasciare solo un momento? Se ha bisogno mi chiama col campanello e comunque per le piccole cose c'è la sua fidanzata.

– La mia che?

– Cosa fa... delira di nuovo?

L'infermiera sparisce dal mio campo visivo. Sento una mano fresca che mi stringe le dita e un'altra che mi rivolta la pezza umida sulla fronte. Due gocce mi scorrono sulle guance, facendomi il solletico. La voce di Sui mi scivola nell'orecchio, vicinissima.

– Ho detto cosí perché se no non mi facevano restare. Ho fatto male?

– No, no... hai fatto bene. Benissimo.

– Hai la febbre a quaranta.

– Lo so. Va be'... ormai ci sono abituato.

La sento che sorride. Sento le sue labbra tendersi vicino al mio orecchio. Deve avere la testa appoggiata sul mio stesso cuscino. Vorrei riuscire a voltarmi verso di lei ma non ci riesco. I muscoli del collo si rifiutano di obbedire, quasi che girare la testa all'indietro fosse una cosa innaturale, buona solo per i gufi.

– È stato qui il tuo capo, il commissario. Non mi è sembrato tanto arrabbiato e comunque, sono riuscita a calmarlo. Tra poliziotti ci si intende. Gli ho raccontato tutto.

– Cioè? Credo che mi manchi qualcosa... sai, sono uscito dal cinema prima della fine del film.

Si avvicina ancora di piú. La sento che si aggiusta sul cuscino e che si appoggia al bordo del letto. Probabilmente è su una sedia. Dio, come vorrei voltarmi...

– Hai ragione, – dice. – Dopo che sei svenuto io sono uscita e ho chiamato la polizia. Il mio connazionale pelato e il tipo col berretto a scacchi forse si salveranno. Lo spero... non per loro ma perché cosí sapremo qualcosa sul racket dei piccoli schiavi. I bambini sono tutti in custodia al Tribunale dei Minori. Forse riescono a farli adottare, se no dovranno rimpatriarli, ma speriamo di no. Sai com'è... eliminati i cattivi il problema resta e il loro problema è la fame a casa e lo sfruttamento qui.

– E Hô?

– A lui ci penso io. Starà bene, vedrai.

– E io?

Sorride ancora. Alza un po' la testa e le sue labbra mi sfiorano il lobo dell'orecchio. La smania di voltarmi mi fa tremare piú della febbre che mi scalda le gambe.

– Tu prima guarisci. Poi mi fai visitare Bologna... con la Lambretta. Il tuo capo ha detto che puoi tenerla finché non la reclamano e dubito che qualcuno lo faccia. Ci prendiamo qualche giorno di vacanza e mi fai visitare San Petronio, le Due Torri, il Santuario di San Luca...

– E poi?

– Poi vedremo...

Mi sforzo. Contraggo i muscoli delle spalle, quelli della schiena e perfino quelli dello stomaco, anche se non c'entrano niente, ma riesco a girare la testa con uno scricchiolio che mi sembra di essere la bambina dell'*Esorcista*. Ma ci riesco.

Eccola qui, Sui, sul mio cuscino. Vicinissima, naso contro naso. Bellissima, sempre enigmatica, sempre sensuale.

– Va bene, – dico, – poi vedremo. E intanto?

– Intanto questo, – dice lei.

Scivola in avanti sul cuscino e attacca le sue labbra alle mie. Sono fresche, morbide e dolci, please e mi accorgo in quel momento che non le avevo sognate, no. Erano un ricordo vero.

E mentre tutto ricomincia a friggermi intorno e la vista mi si annebbia di luci abbaglianti e sono convinto che tra un po' la bottiglia della flebo va in ebollizione e scoppia come una bomba di nitroglicerina, sento la voce di Angelica che arriva dall'alto, come se fosse in piedi sopra al lettino di fianco.

– TI HO BECCATO! ADESSO O SGANCI UN DECA O LO DICO ALLA MAMMA!

Indice

Febbre gialla

p. 9 Prologo
13 37° e mezzo
26 37° e otto
47 38° e due
61 38° e otto
73 38° e nove
81 39°
90 39° e mezzo. Forse di piú
101 40°

Frontiere

45 Francesco D'Adamo, *Mille pezzi al giorno*
51 Carlo Lucarelli, *Febbre gialla*
55 Massimo Carlotto, *Jimmy della Collina*
56 Massimo Carlotto, *Il giorno in cui Gabriel scoprí di chiamarsi Miguel Angel*
57 Carlo Lucarelli, *Il trillo del diavolo*
58 Simona Vinci, *Corri Matilda*
59 Carlo Lucarelli, *Nikita*

Finito di stampare per conto delle Edizioni EL
presso Gruppo Editoriale Zanardi S.r.l., Maniago (Pn)

Ristampa				Anno		
6	7	8	9	2010	2011	2012